绽放

最权威、最实力文学盛宴
青少年必读作文典范

绽放
精华版
遇见

全国新概念作文大赛获奖者优秀作品

刘奔三　主编

北京时代华文书局

Contents

目录

Part 1

晴天

荏苒也将迎来晴天

你说我说他说

向日葵物语

好姑娘，永垂不朽

回信

荏苒也将迎来晴天

文♦零环

第十八届全国新概念作文大赛二等奖获得者

01

日复一日，年复一年，秒针在上一刻与下一刻之间来回摆动，时间与空间便不停地交换穿梭。在某日，秒针划出优美的短弧后却突然停止，荏苒岛上的时间便定格在这一秒。

荏苒岛上唯一也是最古老的钟停止走动了。

整个小岛的时间都凝固了。

上一秒钟还簌簌流动着的小溪被无形的冰冻结了，正在金黄色的田野里挥汗如雨忙着收割稻谷的农民不动了，拿起一块儿糖果正准备往嘴里塞的小男孩的手在半空僵住了，风不吹了，蓄势待发正准备飞向蓝天的纸飞机无法抵达远方了。从此刻开始，荏苒岛上所有的东西都被困在了凝结的时间结界之中。

时间漫长到好像过了一个世纪。

时间也失去了意义。

02

钟青不时轻轻拨动着小舟，船飘摇在某条不知名的小江上，那是一条翠绿的小江，就连因船行进而泛起的涟漪都是青翠的，一下一下闪烁着微小的光，像钟青脖子上佩戴的绿色琉璃。岸的两边也都是大片大片的绿，几乎要与江连在一起。

太阳暖暖地照着，钟青掏出手帕擦了擦汗，完事后又叠好小心翼翼地放回衣服里的某个位置，那个最靠近心脏的地方。船仍不紧不慢地向前行着，钟青也不急，反正他最不缺的便是时间。他来自一个名为荏苒的小岛，那里比这儿要大，但那儿一片死寂，因为那里的时间是虚空的，虽然那里以前不是这样子的。而这里，不一样。钟青也说不出来为什么不一样，但他就是觉得，这里很好。

岸边和水里都是安静的，也不知过了多久，在橹与桨的一回一荡中，船便晃晃悠悠地靠了岸。

他从船上跳下来，像是又想起了什么，从袖中摸出一张被揉得皱巴巴的纸，而纸上那用毛笔工工整整写下的“南水镇”便是眼前这个小村庄的名字了。

他用绳子将小船系在码头，打了一个难解的结。

在确保了小船不会被顺水冲走之后，钟青叩响了南水镇。

“你是来寻我的吗？”一个温婉的声音在钟青身后响起。钟青转过身去，因为逆光的原因，他眯起了眼睛，对于眼前的人有些看得不真切。

“我是林荫。”林荫见他半天没反应，便又继续开口道，“你叫什么名字？”

“钟青。”他几乎是本能地回答，但由于好久没说过话，此刻声音显得有些干涩粗糙。

“钟青。”她重复了一遍他的名字。

“那么，钟青，你是来找我的吗？”女孩再度问道。

钟青摇摇头，举起手中的纸张。

“是清河让我来的。”

“沈清河？”

“嗯。”

“你认识她吗？”

“她是你什么人？”

两人的声音几乎同时响起，钟青愣住了，林荫则轻轻地笑，随即又补充道：“她是我妹妹。”

03

林荫是南水镇上土生土长的姑娘，眉宇间显露出小镇姑娘所特有的安静、恬淡。太阳被云彩遮住一半，迷离的光影逐渐变得清晰，钟青仔细一看，眼前的姑娘倒还真与沈清河有几分相似，想到这里，钟青脑海里便不由自主地浮现出沈清河的模样，她也是这样子的，笑起来很好看，嘴角有浅浅的梨窝。但唯一的不同是，沈清河有一头飘逸的长发，而面前的姑娘则留着短发。

林荫带着他去见了镇长，而镇长，就是林荫的爷爷。

镇长给钟青安排了住处，就在镇长家的隔壁，这是钟青自己要求的，他说他对这个小镇一无所知，住在这里也好有个照应。况且他并不打算长久地居住在这里。

钟青回到房间，刚刚放好包裹，便被林荫拉了出去。

“你刚才说你认识沈清河？”林荫继续问刚才没有问完的问题。

“也不算认识，只能这样说，她是我的恩人。”

正在钟青想要把他的故事娓娓道来，讲给林荫听的时候，林荫突然想起来了什么，拍了拍头，说道：“对了，你中午还没吃饭吧，爷爷让你去我家吃饭，走吧。”

“你们南水镇上的居民都这么热情好客吗？”疑惑的语气。

“那当然！”肯定的语气。

钟青就这么糊里糊涂地跟着林荫走了。

04

之后的几天，钟青可算是充分领会到了什么叫作热情好客。

因为钟青是从很远很远的地方过来的人，所以钟青的早饭、中饭、晚饭全部有人承包了，几乎南水镇里的每一个人都争着抢着邀请钟青来自己家做客，顺便品尝一下自己的手艺如何，他们都很大方，将自己的拿手菜悉数端到钟青面前。钟青不好意思推辞说不去，便也就都答应下来了。又因为钟青不认得路，所以林荫便陪着他去，当然，也包括陪着他吃，用她自己的话来说，她沾了他的光，这是她的福利。

一路上，林荫给他讲解南水镇的历史，而钟青也告诉了林荫他来自荏苒岛。

“王阿姨您做的红烧排骨怎么可以这么好吃呢！”钟青显得有些拘谨，他只顾把头埋在碗里默默吃着白花花的米饭，林荫便自然而然地充当了缓和气氛的那个人。

“好吃就多吃点儿。”

“你们岛上的人都这么不爱说话吗？”在第十三次吃饭冷场的时候，林荫终于在回家的路上开口问出了她一直都想问的这个问题。

钟青腼腆一笑：“跟不熟悉的人就不太爱说话。”

林荫不解：“那你对我怎么这么健谈？”

“因为你面善。”

这次换林荫沉默了。

除了吃饭，南水镇的居民还竭力把南水镇最美的景色勾勒在纸上，江南烟雨霏霏，南水镇绿树成荫，所以那儿的人对纸都钟爱有加，总喜欢把自己所认为美好的景物以文字或图像的形式呈现在纸上。

见钟青对那些字和画入了迷，村主任便嘱咐孙女陪他去看真正的南水镇风景。

南水镇像一个永远也长不大的孩子，每一天，从早到晚，总是洋溢着青春的活力。

他们撑着渔夫的船沿南水镇四周环绕了一圈，然后他发现南水镇真的好小。

他们去爬了南水镇最高的山，即使它低矮得不像一座山，更像一个大一点的土包。

他们去逛了南水镇的夜市，喧闹而不浮华，人们从不讨价还价，交易中的买卖双方都是你情我愿，相互信任的。

05

美好的时光一溜烟地就这么划过去了，差一点，钟青差一点就忘记了自己为什么要来这里了，可他终究还是没有忘记。

“我给你讲一个故事吧。”林荫一时兴起，便打开了话匣子。

“关于我的妹妹，沈清河。”

“她虽是我的妹妹，但和我却是两个不同世界的人。她有一颗漂泊的心，她向往自由。她有一个很大的天蓝色行李箱，她经常独自一人去离南水镇很远的地方旅行，她年纪比我小，但心却比我大得多。而我呢，此心安处是吾乡，我的心很小，只容得下南水镇，我只希望能够一直留在南水镇就好了。”

“我的故事讲完了，给我讲讲你的故事吧，我想听别人都没听过的。”

钟青想了想，缓缓开口。

“荏苒，从前它也和南水镇一样，是一个宁静祥和的地方，有一天，岛上最大的钟突然停止了摆动，如果是普通的钟，那也没什么大不了的，可是它一直被看作是岛上居民的信仰，不仅仅是计时工具而已。秒针停止了摆动，荏苒岛上所有人的时间失去了意义。而我，我也许是他们当中最幸运的一个，我什么都没发生，全岛上也就只有我还能动，然后，我遇到了旅行而来的沈清河。”

“去这个地方吧，只有它，或许能拯救你的小岛。”

这是沈清河临行前说过的最后一句话。而说完这句话后，她郑重地交给钟青一张写有南水镇名字的纸便转身离去了。钟青注视着她的身影渐行渐远，然后缩小成一点，最终消失不见。也就是从那刻起，他便下定了决心要来南水镇，为了自己的小岛，荏苒。

06

“那怎么样才能挽救呢？”林荫问道。

林荫猛地想起沈清河最后一次离开家时留下的包裹，她冲回家中，翻箱倒柜地寻找了半天，终于在积了厚厚灰尘的储物箱的最底层发现了它。

她在钟青的面前解开包裹，里面是一把古铜色的生了薄薄的铁锈的钥匙。

“那是什么？”钟青问道。

“可以用它，把钟后的外壳打开，将发条上紧。”

“那样时针就能恢复摆动了吗？”

“对。”林荫顿了顿，“不过，要想你们岛上的时间恢复摆动还需要一个东西。”

“什么东西？”

“那是一种感情。”

“什么感情？”

“爱。”

“爱？”

“嗯。”

“那怎样才能得到它？”

“你现在就已经拥有啦，所以不必找寻。”

07

感谢沈清河，感谢林荫。

钟青终于知道了自己的小岛缺少的是什么，是爱，而那正是南水镇所丰裕的。

他知道再过几天他就要启程了，和来时一样，乘着自己的小舟，离开南水镇，再经历一段时间的长途跋涉，回到自己的故乡，荏苒。

他知道他将带着这份爱，这份小执念与小确幸，回到荏苒，那个他曾经生活了十几年的小岛。他会回敬这份爱，用这份炽热的感情，融化那荏苒岛上冰封了很久的时间长河，给他的小岛带来新的希望，到那时，他的小岛就能重新焕发生机，恢复往日的活力吧。

不过在这之前，他得写一封信，不对，是两封，一封给清河，一封给林荫。

“沈清河，虽然一直没有再次遇见你，有些遗憾，但也谢谢你，如果没有你，我也就没有机会来到这里，更不可能找到能挽救小岛的东西了。”

“林荫，在镇子上的三个月里，你无时无刻不在照顾着我，谢谢你。”

钟青将写好的两封信贴上邮票放入邮筒时，正赶上日落。

红得发紫的太阳由内而外散发出一圈又一圈美丽的光晕，日光将半边的蔚蓝天空渲染成玫红色。夕阳此刻正匍匐着，像一个小孩，它缓缓地蹲下，一点一点地消失在钟青的视野里。

钟青突然就笑了，嘴角轻轻上扬，因为他知道，新的一天就快要来临了。

08

假如这个世界上再也没有了爱，那便再也没有了一种情感，一种从胸腔中迸发而出的深深的共鸣，时间也就失去了意义。

幸好，钟青重新拥有了爱，时间便从此刻复苏。

这里刚下过一场雨，不过很快天就又晴了。

荏苒也将迎来晴天。

你说我说他说

文♦东司

第十八届全国新概念作文大赛获奖者

世人皆叹解语花，不知为谁花解语？

——题记

蓝色妖姬·褒姒

她，曾被命运抛弃，是一颗漂流的种子。

她的母亲是周厉王宫中的一名侍女，被厉王发现有了孩子，母亲为了保全自己，而把将将满月的她，扔到了河里。年幼如此，连母亲长什么样都不甚明了，就已经成为弃婴。许是命不该绝，抑或是老天爷可怜她小小年纪，她终是活了下来。

这种子，找到了自己的土壤，以及愿意培育它的园丁。

她被一对可爱的夫妇收养，停留在了褒国这片土地。

由此，命运的罗盘开始转动。

那一年，褒国战败，作为褒国最美丽的女子，她被看作是熄灭战火硝烟的冰泉，拨到了周国的土地上。

他，受着命运的眷顾，是上帝的宠儿。

他是天子的儿子，母妃是齐国国君的女儿。打小他便是宫里所有人的焦点，无数人说他：天资聪颖，英姿飒爽，以后必定是一代明君，将延续周天子的统治，绵延周天子的子孙，扩充周天子的土地。他也确实是这么想的，也确实想这么干，他曾无数次抚摸着父君的龙椅，眯上眼，想象着自己成为帝王时的英姿。他想着，自己必然会成为一代明君，受全天下人的膜拜，成为所有子民的信仰，自己一定会娶一个像母妃一样贤淑通达的王妃，生一个比自己还好的儿子。

他笑了，笑得霸气，那是一种与生俱来的王者霸气。

他在等，等着登基的那一天。

褒国兵败，他们把他们最美丽的姑娘，送到了周朝，希望凭借她的清丽脱俗，熄灭绵延的战火。

他见到了她，在那样恰如其分的年纪，遇到了恰如其分的彼此。再没有一个女子，能像她一样，牢牢抓住他的目光和他的心。

起初，他唤她姒，她唤他王。

她永远忘不掉，是他领兵，攻打了自己赖以生存的土壤，所以，开始的她，心里满满的是对他的恨，甚至，从未对他展颜一笑。

他为她废掉了王后和太子，立她的孩子伯服为太子，也不过是为了博得她的青睐，向她显示自己的一片真心。

他心里暗暗窝火，想自己乃是天子，一朝之王，还有什么做不到的呢？

于是，他撒下昭示：若有人能博王后一笑，则赐爵位，受分封，赏金万两。

于是，有佞臣虢石父献计。

于是，便有了震惊中国上下五千年的史实——烽火戏诸侯。

于是，他的王后终于笑了。

于是，他丢掉了江山。

不爱江山爱美人，我觉得，在这点上，他做的，比任何一位皇帝都好。

古代商人千金买笑，人们对此痴情表示赞赏，因为他将这件事维持在了一个大家可以支持的一个度上。而烽火戏诸侯，却让人深感皇帝的昏庸：在当时的世界，这件事不亚于现在的军事大国领导者为了一个女人而释放一颗原子弹。让人听了，真是恨得趔趄。可是，也浪漫得让人牙酸。

不论是多么冷若冰山的女子，在看到有人为自己做了如此大的事，恐怕也会依偎在其怀里，笑得羞涩了吧。

她为他背上了红颜祸水的名号，背到了现在；他为她丢掉了祖辈打下的江山，拱手江山讨你欢。

却是满满的心甘情愿。

我由衷地，羡慕这个女子。

你说：

“王，我从不为祸水这个名号而后悔，我只是后悔，为什么，没能对你，多笑一下？”

我说：

“羡慕的，不是两方倾国倾城的容颜，而是彼此刻骨铭心的爱恋。”

他说：

“下一世，若你不是姒，我也不是王，我们可不可以相见于民间，我可不可以，看到你，笑得嫣然？”

蓝色妖姬的花语——你是我最深的爱恋。

愿你们的前路，开满了天空般的妖姬。

紫蔷薇·虞姬

他，是项羽，是曾经能和刘邦并肩作战的神将。

她，是虞姬，是项羽唯一深爱过的姑娘。

那年，项羽和刘邦争夺天下，项羽被刘邦困在了垓下，几次突破却都未能成功，兵粮寸断，江郎才尽。

打过仗的都知道，打仗在于士气，士气没了，就什么都没了，正所谓：一鼓作气，再而衰，三而竭。

正当项羽和众位军师以及虞姬讨论如何振奋士兵的士气的时候，却听到不远处刘邦阵营，传来了悠远的楚歌。

只一瞬间，元帅帐子里的所有人，心都狠狠地、狠狠地沉了下去。

楚人爱家，这是人人都知道的，士兵里，又多是楚人，听此歌谣，得知攻不下来必定会死在这里，因此，军心涣散，士兵们走的走，散的散，不多时便剩余不多了。

昔日的西楚霸王此时心里失望大过一切，他自是明白，大势已去，自己的时日不多了，自己的大业，再也筑不起来了。

此时的他，心力交瘁，挥了挥手，道：

“罢了，罢了。”

回了帐，此时此刻的他，只是挂念自己的爱妾虞姬。他坐在帐中，神色却像生生多活了几十年一样，满目沧桑。虞姬心如刀割却无能为力，起身为其斟了一杯酒，又为自己斟了一杯，抬手摔了酒壶，举起自己的酒盏：

“大王……”

千言万语汇作一声“大王”。

楚霸王也哽咽了：

“喝完这杯酒，你就走吧，不要跟着我了，只是记得，每一年的今天，都要想我。”

虞姬泪眼蒙眬：

“大王，妾的一切都是您给的，妾怎可弃您于不顾？”

楚霸王将杯中酒一饮而尽：

“罢了，罢了，虞姬，答应我，无论如何，不要轻生。”

虞姬的心里燃起了一抹苦涩，嘴里却是应了。

楚霸王对着羸弱的光看了一眼酒盏，就连这盏，也跟随自己行军许久，也许，大祸临头，只有这些死物和心上人，才会永远地陪伴自己吧。

他终是没舍得摔掉这盏，叹了口气，唱起了歌：

“力拔山兮气盖世，时不利兮骓不逝。骓不逝兮可奈何，虞兮虞兮奈若何！”

虞姬的心，疼得缩到了一起，难过一漾一漾地溢出了心底。

她也站了起来：

“大王，且看我为您跳支舞吧。”

她闪身抽出了楚霸王随身携带的宝刀，在这袅袅月光之下，跳起了舞蹈，曼妙的身姿，柔软的腰肢，在月光的映照下，看不清她的表情，只是这时的她，无与伦比的美，像一朵花，一朵暗夜里的紫蔷薇。

她越舞越快，披帛在身旁留下了一道道光影，而剑影，也变得飘忽了起来，最后，她停顿了一下，做出了了结。

有时候，女人比男人，更加果断。

楚霸王抱着渐渐冷却的虞姬，哭得失态又伤心，像一个孩子。

虞姬的手拂过了楚霸王的脸，在他的下巴上，留下了几抹血迹：

“大王……男儿……有泪……不轻弹……虞姬……先走一步了。”

于是她便僵硬了，瞳孔涣散，最后的一刻，她的眼里满满的决绝。

她流的不是泪，她流的是血。

直至最后一刻，她也不想成为他最后的牵挂。

得妻如此，夫复何求？

从此，我亦希望，可以有一颗如此坚韧决绝的心，面对一切，都可以守住内心的一片宽广，一份真诚，为了信仰，付出一切，换来幸福。

你说：

“大王，虞姬从头到尾，生是你的人，死是你的魂。”

我说：

“期盼有楚霸王那样英武的男儿，期盼有这样深深的爱。”

他说：

“虞姬，此时不能，下辈子，我一定会成为你的骄傲，站在所有的巅峰，告诉所有人，你的存在。”

紫蔷薇的花语——美丽而执着。

期盼能看到，你们重逢的那天，期盼能听到，那声声婉转的歌谣。

结

中国古代总是有些女子，她们点亮了无数古籍，成就了无数人，也踢碎了无数梦。

她们像花一样，绽放在历史的舞台，演绎着自己的故事。

她们摇曳如火，她们顾盼生姿，她们倾国倾城，她们沉鱼落雁，她们爱得诗情画意，她们成为许多人的信仰。

历史总会留下她们的脚步，总是会有故事在绵延这惊喜。

一生萧索，换来永世挂念，想必，她们也心甘情愿。

花儿盛开衰败，总会有人记住她们，在你说、我说、他说中，传递着余响、震撼和沉思。

世人皆叹解语花，不知为谁花解语？

向日葵物语

文 ♦ 吕梦婷

全国新概念作文
大赛一等奖获得者

他

他每周四下午都会路过那个画室。

画室里的一切都是他向往的。木质的柳色画板，摸起来应该很有质感吧。尤其是在有阳光的时候，就像一只柔软的手掌。可这一切不过是妄想罢了。他捏紧书包带，缠在手指上，又松开。他有一双女孩子看了都会嫉妒的手，骨节分明，手指修长。它们本该拿的是画笔啊。他轻轻地惆怅。像女孩留恋橱窗里的时装，他站在画室大大的落地窗前，小小地发了一会儿呆。但也只允许自己停留一会儿，因为二楼的钢琴老师很严厉，迟到了会被骂的。

某个下雨天，他狼狈地站在画室前躲雨。目光掠过熟悉的壁画和摆放随意的A4画纸，却在看到那个木质画板的时候，微微一怔。一个娇小的女孩费力地举着画笔，努力想要够到画板顶部，画上最后一笔。

该如何形容这种感觉呢？就像第一口咬下的含着薄荷的云，又像森林里一头绿色的鹿。女孩的表情很认真，好像悠然地给一盆绿植浇水。终于画好了。他看到女孩的神情一阵轻松，退后几步细细端详着画布。画上是一大片向日葵，明亮的黄色好像吸饱了阳光。所以今天才会下雨吧，阳光都留在了女孩的画布上。女孩懒懒地伸长胳膊，手中的画笔意外地掉下了一大块颜料落在她的鼻尖上。看着女孩慌乱的样子，他忍俊不禁。蓦然，女孩转过身，看到窗外的他掩饰不住地诧异。他看见女孩仓促抹掉的颜料，还有一点潮红的脸颊，突然觉得自己像一个变态的偷窥者。也不管外面未停的雨，落荒而逃。

雨水落在额上的第一秒，竟觉得是暖的。

她

她每周四都会听见楼上的钢琴声。

像雨水敲打着铃铛，又像别的什么东西。总之就是让人听起来忍不住安心。所以每到星期四的时候，她的心情就已经抑制不住地膨胀，像朵幸福的棉花云。她多想学钢琴呀。可是她的手和脸蛋一样小巧，捏起来像一颗牛奶糖。

终于有一天，她带着小小的好奇心，找到了二楼的钢琴教室。一个男孩背对着她，修长的手指在黑白琴键上跳舞。她好像在看一群翩然扑翅的蝴蝶。可是今天琴声低沉。是他不快乐吗？女孩没有勇气走进去，只是靠在门边，小心翼翼地替他难过。

她想为男孩画一幅画，给他满满的正能量。这样优秀的男孩子是不应该有忧伤的。她回到画室，连续熬了三个下午，为男孩画了一幅向日葵。它们要有明亮的脉络，收拢着她浅浅的爱慕，一如她温暖的笑容。

终于只剩最后一笔了。她踮起脚尖，用力绘着浅白的天空。这是要送给男孩的画，可不能出一点差错呀。她满意地看着这幅向日葵，舒了一口气。忍不住软软地伸了个懒腰，却全然没有注意到顺着笔尖坠落的颜料。

哎？女孩手足无措，只顾得抹开颜料。这下脸上都是了吧？女孩的心情有一点低落。刚一转身，她就看见那个弹钢琴的男孩站在落地窗前，嘴角有化不开的笑意。糟了糟了，这副滑稽的模样被他看到真是好丢人。她刚想躲在画板后，就看见男孩消失在雨幕里。一颗心轻松下来，却也失落。

可是钢琴男孩，今天笑起来的你，真的很好看呢。

他

今天没有在画室看见那个女孩呢。他回想着上个星期不期而遇的尴尬，带着笑意扭开钢琴教室未上锁的门。一切如常。他走到钢琴边，默念着烂熟于心的谱子，打开琴盖。

一大片融化的阳光从黑白琴键上流淌下来。是女孩画的向日葵。

好姑娘，永垂不朽

文 ♦ 林脤杳

第十七届全国新概念作文大赛二等奖获得者

人的一生中会遇到形形色色的人，有些人只是擦身而过，有些人却紧跟岁月的步伐伴你度过一年春去秋来的花开花落。

黑板旁的倒计时日期，以及上方正在不停跳动的猩红数字在我眼中不断放大，充斥我的视觉神经。最终映射给我的结果是，时间不多了。而此时的我还盯着空白的试卷迟迟没有动笔，木讷着。

当我整理好思绪，笔尖在草稿纸上写出第一个数字符号时，铃声响了。看着左右的人如离弦之箭般涌出，看着前方的人稳如泰山，嘴里喃喃着连自己都不清楚的话语。目光下意识扫过桌子右上角的警示牌，不自觉地拿起牌子，放下了手中的笔。

正面是中考前一个月和闺密们的合影，手指摩挲着照片中每一个人的脸庞。宇宙、星星、太阳、地球、月亮、天空，还有被她们压在身下龇牙咧嘴的我。记忆如温暖的潮水，一点点把我掩埋。

一直以为学习任务繁重的高中生活会令自己在记忆中模糊她们的相貌，怕自己会忘记那些单纯美好的小幸福。事实上是自己多虑了，你看那时我们桌上堆砌的复习资料一点不比现在少，依旧笑得阳光灿烂，仅仅是因为我们都有彼此的陪伴。三年前的那个盛夏，我们手拉着手，沐浴阳光之下，走进考场，走进最后收获各自愿望的树下。每每想到都会觉得拥有了无限的力量，也开始在心里想着念着为了以后友谊的地久天长。

不要总是担心时间会带走什么，不必难过分秒即逝的无助，不用痛苦岁月里离去的故人。那些只是人生中赏心悦目的彼时烟火，终有一天你会抵达如花似锦的天堂，而你身边总会有那么些个好姑娘陪你超越光年。

警示牌的反面是我们六个人的理想大学。人总是越活越现实的，清清楚楚地自我定位。这些不同层次的大学，相同之处是在同一所城市。哪怕不能一样优秀并肩步入同一所高校，也不放弃彼此在同一个城市呼吸着同样空气的机会。不放弃，才有希望，在梦中都努力着，上帝也会为你的努力和渴望感动。

在年岁不同的日子里，其实我们并不是孤军奋战，不要只低头抱怨学习的孤独。抬起头来，换换视野，你会发现，千军万马早已在不远处整装待发，随时与你并肩作战。经历一生一次的万军齐发，赢得一次一生的荡气回肠。

好姑娘们不再是刚步入高中时娇滴滴的小女生了，在生活的炙热熔炉中、寒冰烈日交替洗礼下的我们早已百炼成钢。高中生活不仅是学习，更多的是对待生活态度的历练。

思绪从关于好姑娘们的点滴中慢慢抽离，发现墨迹晕染了绯黄的练习本上不小的一块儿地方。放下手中的警示牌，提笔流畅地演算出复杂烦琐的函数方程，一气呵成。

此去经年。千年万年。

好姑娘，都会永垂不朽。

回信

文♦单三

第二十届全国新概念作文大赛一等奖获得者
第二十一届全国新概念作文大赛入围奖获得者

十五岁的小Q：

你好呀，不管你相不相信，我是三年半之后的你。

之所以给你写这封信呢，可能一半原因是最近矫情病发作，有太多的话想对自己讲，又有太多的事情一遍遍后悔；而另一半原因，是我无比想念十五岁的你。我实在没什么可以倾诉的人了，你知道的，大人们之间谈天总是云里雾里，充斥着利益交易，可我的心事怎么能拿利益计算呢？所以这一通废话啊，我只有把它交付于你，这是我对曾经的自己的懊悔、想念、感激和心意，你可要珍惜。

是不是有些好笑，我竟要把自己的期待和幻想压在三年前那个尚且懵懂而单纯的你身上了。

对了，今天是星期五，晚上的九点四十八分，你应该在上最后一节夜自习了，一直到十点半下课。我记得你可是个极其讨厌物理的人啊，所以总拿最后一节课来做物理的那两页作业题，但是直到上个期末你才知道，班里唯一把物理作业全部写完的只有你，而成绩最差的那个也是你，你有些苦恼。

你爱写日记，会在桌子上放一个演草本，想到什么就记在上面，和一堆乱七八糟的数字符号混在一起。你从不整理它们，你说那是你的灵魂和潜意识与外在的你发生的对白，你们自己知道就好了，被外人发现可就不妙了。

你喜欢在放学铃声响起之后一个人慢悠悠地回寝室，那条路大概七八百米的样子，零星有几个低矮的路灯散发着温柔的光，你就在灯光和灯光之间放慢脚步，感受着同学们一个个手挽手地从你身边走过。你的视线透过那些面容带着稚气的男男女女，落在男生寝室楼侧面脱落的大片墙皮上，落在食堂三楼左侧总是亮着灯的第二个窗口上，落在生锈的铁栅栏外霓虹闪动的摩天大楼上。

十八岁半的我已经不再那么细腻地对待生活了，连去门口的超市买菜都是顶着一头乱发、套着睡衣、睁不开眼的样子了，浑浑噩噩的，哪里还会在意门卫大爷的胡子有没有刮、超市老板烫了满头的波浪卷呢？这些都是迷迷糊糊中听见大人们提起的了。

所以现在的我像一只慵懒的猫，一日日地宅在屋子里。在开始给你写信前我刚刚看完了一个韩剧，讲的是住在同一个胡同里的几个孩子的热热闹闹的生活。十五岁的你有幻想过生活吗？我不太记得了，但是此刻的我有些茫然，我渐渐分不清楚那些不断与我擦肩而过的、在我眼前缓慢流淌的、我笔下的、我梦里的，以及那些我未曾用视线烙印过的，到底哪一个才是让我深陷其中随之运转的所谓的生活。

你可以给我一些答案吗？

亲爱的大Q：

你好，我是三年之前的你。

这么自我介绍好像有些傻里傻气，怎么办呢，我实在不会以一个优美的句子开头。

我正在做我的物理作业，答案就在手边。我在思考自己为什么不能够把短短两行的文字以图示的形式理解出来并且套进正确的公式里，这些步骤我的同桌在两节课之前的某个课间就完成了，我亲眼看见他把只错了一个多选题的练习册交给了课代表，而我还是没有理解为什么看了答案就懂的问题我自己却无法解决。

物理对我太不友好了，所以我打算给三年后的你写封信。很显然，我是在演草纸的间隙里给你写信的，没办法了，新的本子在我的书箱里，找到它是一件太麻烦的事情了。

至于为什么是三年后呢，因为那时候你已经不再被束缚在无聊的应试教育里了，你可以在像我这么烦躁的时候走出门去散散心，你甚至可以到附近的城市或者再远一些的地方去游玩了，多好。不像我，后天又要月考，想考好一点啊，这样就可以趾高气扬地请求爸爸来接我回家了，挤公交真的很累。

你看，这就是我所有的生活了，早起晚睡，作业考试，努力不打瞌睡好好听进去的每一节课，挣扎着想要解出来的每一道题——很单调对吧！不过还好啊，我很喜欢这里的很多个角落，它们不起眼，不容易被人发现，可能我也是一个喜欢生活在角落里的人吧，数学老师口中那种三面墙互相垂直的结构，听起来有点让人心安。生活不就是图一个安安生生、心安理得吗，你说对吧？

亲爱的小Q：

今天你的弟弟又一次离家出走了，他已经比你还要年长了，他今年高三。第一次离家出走是在三个月以前，妈妈在附近的一家火锅店里找到了正穿着店服给别人端盘子的他，好话坏话说尽，还是没能劝服他回学校在那张单薄的高考报名表上签字。所以他亲手毁了自己的高三。

一个月前的某个凌晨，他回来了。我曾问过他为什么要做这样的傻事，他反问我，这样傻吗？可是待在学校顶着父母压力去读那些他实在觉得无趣的书，他太累了。他又一次出走了，尽管我们能力有限的爸爸妈妈尽力地给他找好了复读学校，尽管一再跟他确认以后会好好上学，他还是在今天早晨，在妈妈出门买中午要吃的火锅材料，在爸爸出门上班，在只有我一个人躲在房间里胡思乱想的时候，走了。

他不会回来了，他是这样告诉我们所有人的。你一定猜想不到吧，那时候看起来腼腆内向不爱说话的弟弟，竟早早地在心底谋划了三年后的一次又一次出走。我知道那个时候你并没有把他放在一个很重要的位置上，你们关系很一般，这不是怪罪你，而是告诉你，在你只有十五岁的那个年龄里，你身边的人，便都开始背负着很多不为人知的东西面对生活了。

妈妈在客厅里和很多很多的人聊着天，谈着家长里短，问寄给小姨的药有

没有收到，问姥爷的病情是否有些好转，问着问着便开始大声争吵，所有的聊天都以这样一种混乱的方式作了结束。是啊，混乱——妈妈难以克制她脑子里不断翻滚的关于弟弟的一切混乱想法，爸爸一边说着不再认他这个儿子，一边做着继续找复读学校的混乱举动，他们拉开了房间里的每一个抽屉，翻箱倒柜地算计着被弟弟带走的零星几件东西，甚至在那片混乱里找到了我两年前丢失的那张学生证。而我，正混乱地和你描述着这些场景。

我记得你此刻的生活好像还很平静，在每个周六下午坐86路公交回家，提着满满一行李箱的课本和教辅，又在周日午饭过后原封不动地把它们扛回学校去。现在看来好像傻得不能再傻，而在那时却是你艰难地把它们抬上三十厘米高的车门踩板、沉得面目狰狞的固执。

原来那个时候你就已经是个很固执的人了啊！

亲爱的大Q：

你好，我又来了。

你可以很容易就计算出来的，弟弟今年初三，快要中考了，可是就在刚刚我发现了他的秘密。

昨晚起夜上厕所的时候是半夜一点二十三分——不，应该说是今天了，我看了眼墙头的挂钟，虽然确实很困，但我确定那时的我是清醒的，没有做梦，因为当时的情形太过反常了。

弟弟还坐在电脑前没有睡觉，而屏幕上明显是由于我造成的声响而慌乱退回至壁纸页面的样子。

所以他在干吗呢？我有些好奇。那一个瞬间我回忆了自己初三的时候，二次函数的压轴题令人痛不欲生，有套叫作《说明与检测》的东西，在中考前一个月发下来，每科两本，标着教研室的名头，谎称会有原题和类似题，欺骗着无数初三学子为之倾尽心血彻夜不眠。这使我对他的行为越发不能理解。

于是趁着吃早饭的时候我打开了电脑，查看了浏览记录，发现了弟弟偷偷保存在收藏栏的武侠小说网址，十一二本的样子，我有些不知所措。

弟弟的成绩你也是了解的，中游水平，很快就要“中招”了，能不能上一个稍好一点的高中已成问题。如果告诉妈妈的话，以她的脾气，定是要掀起一场恶战，她吵架的功夫真的是让人不敢造次，不知道会不会影响到弟弟的心态，而且他一定会记恨我的。

要任由他这么下去吗？要不然我找一个理由把电脑搬进自己房间吧，我们关系不是很亲密，他又是个有些内向的男孩子，应该会不好意思要求进我房间，如此便能逐渐淡掉对武侠小说的念想吧。

啊，妈妈催我吃早饭啦，我们改天再聊哦！

亲爱的小Q：

我记得十五岁的你总是盼望着快点长到十八岁，因为你单纯地以为十八岁是个可以自由出门的年纪。你终于可以在每一个心情尚好的白天里出门闲逛，不再担心作业、担心考试、担心书桌上摞着的那一沓做不完的试卷。楼前的那条街叫枫杨街，枫树、杨树交错，枝叶在头顶毛茸茸地晃悠；翠竹街上那一条越长越杂乱的竹林小道，和满地细长的干枯变黄的竹叶；再往前走，银杏路上伫立的古老的银杏树，它们拥有着最夺目的叶色，金灿灿的，映衬着那条路上你没考上的那所全市最好的高中门口金灿灿的状元榜。

你是个对枝叶和天空组成的割线图情有独钟的人，无论走到哪里都爱抬头拍树枝把天空的一角切割成密密麻麻的网状的样子，那些网是有生命力的，天空也在一边生长一边改变了颜色。你说那些画面是独一无二的，它们不断地提醒你，一切都正在活着。

你总说那该是怎样美好的生活啊，兴致来了便可对爸妈挥挥手说自己下楼走走，然后慢悠悠地在街道上游荡，一身轻松，连阴雨天也有着别样的美感。可是十八岁的我很想告诉你，那些我们经历过的事情，总是会霸道地在你身上留下它们走过的痕迹，或是遮蔽你还算澄澈的眼睛，或是遮蔽你还算澄澈的内心。所以啊，当你拖着这副已经十八岁的躯体抬头看天，好像网格里的每一个空隙都卡着一份落寞、冷清和衰败。

那十八岁的我期待什么呢？我盼望着能够快点长到二十八岁，因为现在的我抱持着最后的单纯，愿意相信二十八岁是个可以在某个心情尚好的凌晨出门闲逛的年纪，一个人独居，不再需要打好招呼，去楼下24小时便利店买一盒冰激凌，走在门口的某条小路上。然后像十五岁时的你一样抬头，不过那时候啊，看到的应该就是深墨色的夜空了，没有黑到伸手不见五指的程度，却也遮住了流动的云。树枝裹挟着月光把夜空的一角割裂，有点像前几天被我打碎的

那个深色咖啡杯，瓷片上斑斑驳驳的裂痕。二十八岁大概也是个充满破碎的年纪吧，只不过如果那时的我们可以恰好在某个路灯下停留，说不定就会感到一种在无尽的深渊里被光芒笼罩的温柔，那份温柔便是十八岁的我无比渴望的东西了。

你还小，可能不太懂我如今的感受。我把这些句子删减成短小的两句话发了朋友圈，学哲学的朋友评论说二十八岁哪有时间出门和幻想。我知道他说得很对，但依旧希望生活不要绑架我们太久，毕竟我们可是从小小年纪便热爱幼稚的自由。

亲爱的大Q：

今天是平安夜，是一个应该在下午就早早赶回学校准备周测的平凡的周日。

可是我竟然坐在家里给遥远的你写信，你应该猜得到的，我又在期末考试之前意料之中地发了高

烧。总觉得有点好玩，从初中开始，发烧就像是一个定时炸弹，总在期末来临前的那半个月如约而至，“砰”的一下炸开我如常的生活，给了我短暂的一两天自由时间。

现在大概是五六点的样子，天已经要慢慢暗下去了，冬天的时间让人有些摸不着头脑，好像总比意识里要慢一点。我正走在雪松路上，旁边有一个很大很大的商场，门口摆了一棵很大很大的圣诞树，上面挂满了一闪一闪的彩灯和小巧精致的礼盒，人们从我身边走过，带着节日里的轻盈姿态，我很喜欢这样的感觉。

雪松路上真的有很多的松树，我在冬天的时候格外喜欢松树。你看它们总是落下一地松针，却仍旧枝繁叶茂地生长。多好啊，不畏惧失去，不需要用一整个冬季的时间来怀念和哀悼已经掉落的过去。

前面路口有两个小哥哥，一个穿着厚重的圣诞老人套装，脸上挂着白白的胡子；另一个把头缩在围巾里，围巾很好看，有点像前段时间妈妈给爸爸织的那条，用了双元宝的织法，我在旁边偷偷学了很久。他们提了一筐子苹果，被各色包装纸和彩带裹得很有诚意的那种，戴围巾的那个小哥哥拦住了我，他说，要不要关注个公众号啊，会送苹果哦！我掏出了手机。

我不能在平安夜里拒绝一个苹果的，要是你，你也不能拒绝的，对吧？于是他为我精挑细选了一个灰色闪光包装纸包装的、系了粉色结的苹果，你能理解那种感受吗？一个跟你并不相识的人，低头在筐子里一个个看去，视线在其中一个上稍作停留，然后伸手把它拿出来，再放到你手中，用一种掺杂着轻松、喜悦和善意的语气对你说，平安夜快乐。那该是怎样美好的时刻啊，这又是怎样美好的一天呢！

可惜时候不早了，我该回家了。

亲爱的小Q：

你害怕失败吗？我猜你怕的。这么多年来你最厌烦的便是爸妈总是在你耳边提起朋友家的某某某，联考成绩比你好，又考上了家门口那所你差了六分没考上的学校——你厌烦失败。

可生活总爱将你害怕的东西不断放大，一遍遍地回放，叫你适应它，然后麻木。不过对失败麻木好像是一件很可怕的事，我只是开个玩笑，你也只是在一些事情上遭遇了些可能会被记住很久的失败而已。比如你没有追到那个特别特别喜欢的人；你初中时代最擅长的化学在高中开始变得不可理喻，所以高二的时候你选了文；你在文科班的成绩没你想象的那么好，以至于你再也没有赶上过爸妈口中的那个某某某；你自招复试失利，高考语文成绩意外地拖了后腿……写到这里的时候我突然觉得有些好笑，我在告诉一个十五岁的孩子她未来充满了坎坷和不幸，她所在意的事情都败得一塌糊涂，我是不是有些太过可恶。

你可不要太过失望，因为我并没有真的沦落到很糟糕的地步。现在的我十分感谢你在不久的以后会遇到的那个人，他把你带入了另一个神秘的地方，也正是那张写着才华和天赋的通行门票吸引了你，你抛开父母软硬皆施的劝说，毅然地走上了那条小路。

你见过自己披着那块姑姑从韩国带回来的毛毯，抱着家里那个老旧厚重的笔记本，躲在窗帘后面敲敲打打的样子吗？你见过自己在凌晨三四点为一段卡壳的描写泡了一杯速溶咖啡的样子吗？还有因为各种各样的词不达意难受得掉眼泪的样子，它们充斥了唯一属于你的那些周六的夜晚，你变成了一个有能力写出完整的故事的人。

一路走走停停，你开始有了一些小小的成就，荣誉证书从老师的手里转交到你手里，从校级、省级到国家级，一场场比赛一个个题目，你仿佛找到了新的归属。可我真想用最严厉的词来批评你，因为你开始变得自负了，变得目中无人了。你从心底宠爱并且炫耀那个十七岁的你，你不再舍得她被冷气冻僵的手在键盘上敲打，你怕阅读别人的作品会破坏她好不容易形成的风格结构，你甚至瞧不起教室后墙那些贴得满满的高分作文。那是现在的我最看不起的你的样子，那时的你就像走进了一个不属于你的房间，却沉溺于房间里的奢华装潢、珍贵摆饰，你在那份珠光宝气里变了初心。等有一天房间真正的主人把你赶出来了，流落街头的你才意识到，不属于你的殊荣只会让你跌得更深。

所以你遭遇了一开始我列举出来的那一连串的失败，不过你可不要太过难过，因为那些日子就像一片空旷无际的荒原，正因为荒芜，才得以让你尽情翻土耕种，它成了你后来感到自由的源头。

对了，你大一的第一个寒假真的在某辅导机构上了六节数学课，有点疲惫，我觉得当数学老师的建议不是很好，容易掉头发，那很可怕。

亲爱的大Q：

你过得快乐吗？

我不敢去问你现在在哪个大学、学什么专业、有没有谈恋爱、是小有成就还是一败涂地、你过得怎么样。

我怕这些问题违反了时间的规定，我怕它因为我的不懂事而迁怒于未来的你，所以我只能小心翼翼地问一句，你过得快乐吗？

我从食堂回教室的路上，看到了公告栏里贴着的大红喜报。它太显眼了，红得夺目，我在余光里瞥见了它，然后条件反射地扭了头。上面写着，高三的一个学姐拿了一个很厉害的作文比赛的全国一等奖，后面还有两个名字，但是相比较而言，他们的名字便失去光彩了。教学楼门口的大屏幕里也在循环播着她的证书和采访视频，真好。

你说我是一个适合做什么的人呢？我作文写得不好，经常被教语文的班主任叫进办公室。你还记得他吗？就是那个很年轻、幽默风趣、有内涵的男人，我在刚入学的时候还是很喜欢他的，但是现在不了，因为他虚伪、两面、势利，和那些我不喜欢的大人们一样，而且他也不怎么喜欢我。我只在小学四年级的时候拿过作文比赛的一等奖，那是一篇写爸爸的文章，写满了整整四页作文格纸，我后来一度认为是老师实在感动于我的篇幅，给了我不少的辛苦分。

那还只是学校的比赛，得奖的人很多，我站在他们之间，和平时一起坐在教室里听课没什么两样。我有点羡慕学姐。

所以我能做什么呢？我竟说不出自己有什么爱好和擅长。好像学过一阵子播音主持，当过一阵子活动的主持人，参加过一阵子朗诵比赛，那阵子过去了，也就再没接触过了。好像还学过几个月的油彩，给班里画过几个月的板报，后来作业写不完了也就不再逞能了。你看，也许并不是我不愿意去幻想以后，而是当以后真的以一团乱麻的形式摆在我面前时，我无从下手，我甚至不太认识自己，这种陌生让我第一次感到迷茫。

写到这里的时候我的前桌突然传来了一张数学试卷，临时安排的小测试引起了不小的恐慌。我要把这一页翻过去了，然后在空白的下一页纸上演算这些大大小小的数学题。

实在不行的话，在附近的某个辅导机构里当个数学老师也不错，你觉得呢？

亲爱的小Q：

终于还是聊到感情问题了。你相信吗，如此傲慢自恃、不知天高地厚的你竟会为了一段本就没有什么可能的感情低三下四、小心翼翼。那个男孩子啊，拥有着你不可望其项背的才华，你崇拜他、敬重他，也喜欢他。对一个十六七岁情窦初开的女孩子来说，这太正常不过了，但发生在你身上，总让人有些错愕。

我记得刚上高一的你性格孤僻，不爱讲话，总是去找那个年轻又幽默的班

主任，让他把你的座位调到最后一排。你不爱交朋友，唯一的闺密被分在了隔壁班，我甚至怀疑那时的你能不能记清班里所有男孩子的名字，更别说少女心思了。

可就有那么一天，他的名字赫然出现在你的世界，你便收敛起你所有锋利的棱角了。你温顺、卑微，像那只被驯化的小狐狸，你的世界因为他的存在开始生动可爱起来了。

你为他写溢满期待的情书，你说喜欢他真是一件辛苦的事情，会有很多失望，也会有很多希望；你说那种喜欢难以描述，它太沸腾了，又太生硬了，太剧烈了，又太孤单了，它让语言变得毫无生气，它让你深陷其中无法抽离；你说，可你也从未想过抽离啊！你说了很多很多。

这看起来好像是一件很美好的事情，一个女孩子，因为一个她所向往的男孩子，一点点地变好，一点点地变成自己曾仰望的人。但是我要提前告诉你哦，那两年啊，会让你很痛苦，受尽爱而不得的折磨。也许这样轻描淡写的一个词语难以概括那些复杂的情绪，忐忑、怀疑、不甘、嫉妒、埋怨、偏执……但是我很开心，因为即使背负了那么多，你还是一步步地朝着十八九岁的我走来了。

我记得你曾写下凄凉的句子，为你十七岁时的冒昧打扰道歉，为你十七岁时的自作多情道歉，为十七岁那个惹人厌烦的你道歉。这段话被淹没在你日记本的某个角落，如果有一天你恰好看到了，请替我转告写下它的人，她是我见过的最勇敢的人。

亲爱的大Q：

最近几个星期回家的时候，总会看见小区里有一个很酷的男孩子，看上去可能比我大一些，拿的东西很少，应该是那个我没有考上的高中里的。他经常穿黑色风衣，还有黑色卫衣，里面套了件格子衬衣，背大大的双肩包，戴耳机。

这是我第三次走在他身后了，他是在我之前拐的弯，所以应该就住在我们家前面的那栋楼。见到他时的我总是拉着装满书和换洗衣服的行李箱，背着奶白色的双肩包，一副被劳苦学习生涯摧残得没脸见人的样子。滚轮和水泥地摩擦发出的声响在我本就羞涩无助的时刻里被无限放大，轰轰轰，像火车驶来时刺耳的警鸣，诱导着人回头。但还好那只是我的自作多情，我们总是一起路过超市，路过停车区，路过那家总是挤满了很多学生的文具店和一家寿司店，他从来没有停下过，连转身也没有，只是沉浸在自己的世界里，往家走。

我可能是喜欢上他了。

不不不，你可不要嘲笑我啊，我说的喜欢不是你想象的那种卿卿我我，而是说，他好像在我的视线里勾了条线，一出现，我的目光便无法移开。我从未想过和他会顺着这条线越走越近啊，我甚至连上前打招呼的想法都没有，我只是觉得，每周末的放学回家，莫名地成了一种期待。

亲爱的小Q：

这是我们之间的最后一封信了，我很想说，我明白这些信件将会重新躺回我的信箱里，即使我工整地在收件人栏写上了你的名字和正确的地址，贴上了足额的邮票，即使我选择了快递并且跟邮局的叔叔阿姨确认好，它们依旧会再次回到我的手上。因为在我们生存的这个世界里，时间是最残酷的裁决者，它规律地运行，它不允许先知和叛逃。

我是在收拾书箱里没用的卷子时发现你的那些信的，很多很多，散布在不同的角落里。你曾坚定地承诺过，要在高中三年里给未来不同时间段的自己写很多很多的信，你要让她们在某一个时间的节点想起你，无比清晰地、准确无误地想起你。可是这件事在你高二的某一个平凡日子里结束了，那一天你认识了一个人，就像我说过的，他带你找到了新的归属。

你不再把情绪交给你还尚且一无所知的我们了，你在那些被你虚构出来的人面前、在你虚构出的城市里走走停停，不断地提出问题，不断地找到答案。你开始以自己的方式面对生活，曾经被你划出来写信的地方被琐事填满——什么时候才能养成用完笔会把笔盖合上的习惯呢，没有果酱的时候拿面包片夹上一层咸咸的小米锅巴也会很好吃……

也许生活教给你的，是现在的我、过去的我以及未来的我都不可感同身受的，但我依旧希望，二十八岁的我会在某一个时刻无比想念现在十八岁的我，不知那时候的我，会不会有什么话要说。

亲爱的大Q：

我们都要把更好的我们送给那个住在遥远以后的我们。

Part 2 相遇

待绾归

文♦时兮

第十七届全国新概念作文大赛二等奖获得者

以前有人问我，毁灭一个人的方法是什么，我说杀了她。后来我才知道，彻底毁灭一个人，就是先让她心动，再让她心死，且心死到绝境。

遥远的驼铃轻晃着伤心

“你们怎么敢拿这样的东西给我？”余绾拿起手中的瓷瓶对着窗户打进来的光细细看去，瓶身剔透，上面用淡墨色描画了蜿蜒精致的细纹，却又不是栩栩如生，像是一幅氤氲在烟雨水色里淡雅的风景图，但在她用手抚过的一瞬间竟又变成了姹紫嫣红的早春图。

“倒是别致得很，可是你主子不是吩咐不能拿任何瓷器给我吗？”她的话带着三分笑意没有半点威严，可身旁的宫婢瑟瑟发抖，这时再也站不住，“扑通”一声跪在地上。

“皇后娘娘息怒，真的是皇上命奴婢拿给您的，说是今年月弩族新进贡的宝贝，让……让奴婢给您送过来，皇上说……说您最喜欢这样别致的东西。”

“哈哈。”余绾听罢冷笑两声，拍桌而起厉声说，“你们看这长宁殿的每一处地方多么奢侈华丽，可没有一件坚硬锋利的物什，连这桌上阶前的棱棱角角都用金丝银锻包裹得严严实实。他不就是怕我寻死吗，现在倒是送来这瓷瓶给我，怎么，不怕我死了？他竟还记得我喜欢这样的东西吗？”

她抬手把瓷瓶狠狠地摔在地上，瓶屑四溅，刚才还巧夺天工的月弩族宝贝立刻碎裂成几块儿。余绾迅速伸手拿起最大的一块儿碎片割向颈间，大家都呆愣一旁。

“娘娘！”司殿的女官吟月正迈进殿门，见状立刻丢下手里端着的茶水，几步跨过来眼疾手快地点下余绾的穴。余绾的手垂下来，瓷片“啪”地掉在地上。纤细的脖颈上隐隐透出些血丝。

吟月查看了一下余绾的伤口，然后把她扶到贵妃榻上坐下，对仍然跪在地上的宫婢说：“先请张御医来娘娘这里瞧瞧，再去回皇上一句吧，说皇后娘娘又发病了，若皇上得空请他来看看皇后。心病还须心药医，总不能……”

吟月看看坐在贵妃榻上目光有些呆滞的余绾，叹了口气：“总不能这么耗一辈子，皇上是我替太后看着长大的，对他再了解不过，我知道他舍不得。”

“是，吟月姑姑。”跪着的宫婢哆哆嗦嗦地起身，抹了抹额头上的冷汗刚想退下，余绾又开了口，“西凉国来朝进贡了吗？”

“奴婢没有听到西凉国来朝进贡的消息，西凉国不是……”宫婢刚想继续回答余绾的问题，突然看吟月变了脸色挥挥手让她赶紧退下。宫婢心下一惊低身拜了拜，转身出了长宁殿。

“姑姑，你说西凉国为什么还没有来进贡呢？萧景用尽手段征讨西凉不就是为了让西凉臣服吗？他已经做到了啊，可是为什么到现在它还没有来进贡？

我想父汗了，如果西凉来贡，父汗一定会随着一起来的，他尽管埋怨我，可是他最疼我，一定会来看我的。”余绾像个孩子一样喃喃自语。

吟月整只手都在颤抖，一层一层的冷汗漫上来。她抓住余绾的双手低声安抚：“娘娘您不要多想了，西凉说不定被什么事情耽搁，过几天应该就能到，您要爱惜自己不要再寻短见了。老奴知道您心里苦，您心里苦就哭出来吧，也不要再折磨皇上了。”

“我不哭，我不哭，姑姑，我听见驼铃声了。”她的声音极轻，小巧的下巴稍稍抬起，侧耳凝神倾听的样子像极了吟月初次见她时她听皇上吹箫的样子，声音带上了少女的活泼清脆，不再如往日般死气沉沉。

可吟月看着这样的余绾，转过身突然就泪如雨下。驼铃，吟月知道驼铃。

还在西凉的时候，有一个去西疆做买卖的商贾牵过一匹骆驼，余绾觉得特别新奇，亲手做了一个叮叮当当响的铃铛挂在骆驼的脖子上面，萧景还趁着夜色偷偷带余绾去骑骆驼，萧景把这些都告诉过她。

可遥远的驼铃啊，那是一个梦境，如今，只是轻晃着伤心。

她做了一个梦，梦里翩翩少年，如若初见

早冬的季节夜色来得格外早，暮色渐露端倪，夕阳也收起最后一缕光，沉沉的天幕只剩下几片微红的霞光如丝绸般铺展。本该忙忙碌碌灯火通明的宣政殿此时却寂无人声，也没有掌起一盏灯。

太监总管曹德英站在殿前，他知道那个年轻的帝王在殿里，也知道自从有人来回了皇后娘娘的消息后，皇上已经在殿里坐了一整天，把所有伺候的宫人全部遣出去，只是默默坐着。

“曹德英。”萧景的声音冷静清淡，透过空旷的大殿传过来。“奴才在。”曹德英赶紧迈进大殿，垂首恭敬地站在殿前。

“你说朕命人做的那面水晶珠帘好不好看？”曹德英不明白皇上为什么会问起这个问题。当时做那面水晶珠帘几乎找遍了天下所有的能工巧匠，那么多珍珠的成色、大小完全一样，仅一颗就价值连城。可是皇上竟把它们做成了一面珠帘挂在了长宁殿里，人人都说皇上宠皇后极盛。

“自然是极好看的，鲛人珠是珍珠里的上上品，全天下几百年来也不过这么多。皇上找巧匠把它磨得大小成色完全相同，这样做成的水晶珠帘怎么会不好看。”曹德英斟酌着语句。

他能坐到总管位置向来是凭着一张巧嘴和善于揣度的玲珑心思，可是今天却琢磨不透皇上到底是什么意思。

“是啊，人人都说水晶珠帘巧夺天工，那么多人为了得到其中的一个珠子也在明争暗斗。可是皇后，朕把整个珠帘给她，她也不喜欢。”

萧景的声音竟然有了沧桑：“我知道她恨朕，就算是朕把整个天下捧给她，她也不会喜欢。她想要自由，可是朕又怎么能放她走。”

曹德英没有再说话，他知道已经不需要再说什么，皇上只是自己在挣扎，不需要任何人的言语。

一场雪过后，天气渐晴起来。积雪被暖暖的日头映照如同镀了一层色彩，软软地挂在光秃秃的枝头上。

余绾已经好久没有出过长宁殿的殿门，萧景一直把她软禁在殿里不准她离开半步，也不准任何人传消息给她。可昨天夜半却突然差人传了口谕解了她的足禁，虽只许在长宁殿四周走动，但是对余绾来说也足够了。

她一身素净的衣裳，头发随意地绾在一侧，没用任何珠钗。自己独自一人从殿里溜出来坐在花台上，长青的植物把她娇小的身影完全遮掩起来。她随手折断一根小小的木棒，在地上还未化尽的雪上写写画画，倒少了平时的烦心伤痛，多了几分闲适来。

“听说昨天皇后娘娘又发了痴病了，自打咱们皇上把娘娘娶进来，我们就没看过娘娘有过笑颜，还常常哭闹寻死，可惜了皇上对娘娘的一片情意。”花园里有几个宫女在扫雪，边扫雪边议论，完全没有发现花台上还坐着人。

余绾起了玩心，把耳朵更靠近些听她们议论的内容。

“帝王哪能长情，也不看看皇上多久没来长宁殿了，皇上对皇后娘娘好，也不过是为着皇后娘娘是西凉国的公主，皇上完成了大业，对娘娘自然要顺着些。”一个稍尖利的女声慢条斯理地说。

“你一说西凉的公主我倒是想起了红苕姐姐昨天回来说的话，红苕姐姐说皇后娘娘只怕是糊涂了，西凉不是已经被灭国了吗，娘娘昨儿个居然问西凉有没有进贡。西凉那样殷盛的地方，就是它愿意降，皇上也不答应啊。”

“就是，听说西凉皇室除了咱们皇后娘娘，其他的都被诛杀了，几百口人啊，断头台上的血流了三天才干……”

余绾的脑子“轰”的一声像是被炸开了一样，一片空白，她全身都在发抖。吟月匆匆忙忙出来找到她的时候，看见她把自己缩成一团不停地颤抖。

“皇后娘娘您怎么了？”吟月扶着余绾的肩膀看着她一脸的惊痛和不可置信，“他骗我，他一直都在骗我，骗我……”余绾已经语无伦次，还未待吟月进一步询问，她就昏了过去。

余绾沉睡在一个好像永远都醒不来的梦境里，仿佛又回到西凉的草原上策马奔腾，又看见翩翩少年，琴箫相和，如若初见。

父汗说只愿你保我一世无忧，可是遇见你，我再也没有无忧过

余绾认识萧景的时候，她还不知道他是天朝的四皇子，只当他是个送茶人。

余绾最喜欢茶叶浸在开水里散发出的袅袅清香，也爱品茶在唇齿间游走的苦涩又悠长的滋味。虽然父汗和哥哥都不喜爱喝这样在他们看来烦琐又小家子气的东西，但是因为对她的偏宠，每年都会从盛产茶叶的天朝高价买回各种茶叶来。

那一年前来送茶叶的就是萧景。

他一袭白袍长身玉立，笑容清雅和煦，声音温润如水："这是白茶，叫作白毫银针，冲泡时银针挺立，上下交错，汤色黄亮澄澈，滋味清香甜爽。"

他正拿过砂壶把白毫银针放进去，抬起头撞上余绾的视线。余绾支着下巴笑意盈盈地看着他，没有一点羞怯拘谨。那样一双灿如星光的眸子，他这一生再也没有忘记过。

"你们那儿的送茶人都长得如你这般好看吗？"她的声音清脆得像刚出谷的莺啼，竟然让他有些慌张，不知道该怎么回答。

"哈哈。"她笑起来，"原来你还会害羞啊。不要回到中原去了，留下来吧，哥哥说你学问很好，留下来做我的师傅吧。"

说不清究竟为了什么缘由，萧景留在西凉做了余绾的师傅。她是极聪慧的女子，没有一点公主的骄纵，善良坦荡。对于诗词歌赋学得很快，对辞赋文章常常有自己的独到见解，让他很是欣赏。

闲暇时他教她抚琴，她听他吹箫，或者二人策马奔腾在草原上，日子简单而快乐。

吟月是太后的贴身婢女，和太后亲如姐妹。太后早逝，她照顾萧景从小到大，萧景一直把她视作最亲的人，这次萧景来西凉她也一并做伴。

"姑姑，我好像找到自己的月亮了。"一天晚上萧景读书的时候突然停下来告诉身旁的吟月，吟月听萧景语气里浮动着欣喜，笑意盈盈地伸手挑了挑灯芯，屋子里又亮了些。"好啊，哪天让姑姑看看你的月亮，我这一把年纪了，终于也能看见你有了牵挂。"

不几天吟月就见到了余绾。萧景坐在一旁吹箫，余绾小巧的下巴稍稍抬起，一双灿如星子的眼睛紧紧盯着萧景，脸上挂着甜蜜的笑意。她一袭火红的衣裙像跳动的火焰映进吟月的眸子，她知道这个姑娘就是萧景的月亮，会照耀他的一生。

“萧景萧景，你喜欢我吗，会娶我做你的妻子吗？”余绾急匆匆地跑到萧景住的偏殿找他。外面还丝丝缕缕地飘着小雨，她闯进来带着一身的水汽，脸上还有没擦干的泪痕，话音里含着委屈和期许。

“怎么想起来问这个？”萧景云淡风轻地举杯小啜了一口茶，可落杯时颤抖的手泄露了他的情绪。

“父汗要给我定下亲事，说草原上最勇猛的英雄才是我的夫婿，你要是愿意娶我做妻子我就去求求父汗。”余绾看萧景文弱的书生气，根本不可能是那些草原雄鹰们的对手。

“绾绾，你这么着急给我做妻子，难道对我一点信心都没有吗？”萧景朗声大笑，“你们草原上的勇士们勇则勇矣，可是跟我萧景抢人……”萧景靠近了些，抬手微微挑起余绾的下巴，声音低沉魅惑，缠缠绵绵地响在余绾的耳边，“我还没有放在眼里。”

西凉国的公主出嫁不讲求门户之见，而是类似比武招亲。在城楼下搭起气派的擂台，只要在草原没有敌手的那个最终胜出者就是西凉公主的夫婿。从此号令沙场平步青云富贵荣华，所以西凉出将才也是有些渊源的。

这一代的西凉汗王只有长平公主余绾这么一个掌上明珠，长平公主的倾城无双在这草原上是人尽皆知的事情。所以待到公主二八年华招亲之时，不只是西凉国的勇士，甚至邻近的几个族国也派来勇士参加这一盛事。

关于招亲那天的激烈惊险我们就不再一一赘述，西凉的史书上这样记载：“虽天下至美极繁，但文才兼备，清艳无双者，唯吾长平余绾也。英雄者天下之美尽弃，慕吾长平。比武之会九百场，胜者十八，萧氏景者力挫群雄拔得头筹。长平悦，王悒，其情不详。”

萧景不负余绾所望，果然拿下比武的头筹。但是一向对余绾百依百顺的西凉汗王却不太同意这门婚事。

汗王已颇具老态，斜倚在榻上对前来问询的宝贝女儿说出自己的忧虑："绾儿，我们西凉疆土广阔，富庶安乐，一直与天朝分城而治。这几年天朝不断扩充疆域，妄想一统天下。我们西凉就是他们最大的眼中钉，可又忌惮着我们的天险而无可奈何。萧景他确实是个俊才，可他毕竟是天朝人，万一他是天朝的细作，一旦掌握了我们的城防布景图，我们就是死路一条啊。"

"不会的父汗。"余绾抿唇一笑，露出浅浅的梨涡，"萧景他虽是天朝人，可只是一个送茶的书生，女儿爱慕他文武双全，决意非他不嫁，他不会做对不起我的事情。"

西凉汗王看着余绾坚定的眼睛，想说的话又咽了回去，只是长叹一声："好吧，但愿如此。父汗这一生最大的心愿就是希望你能快乐安康，一生无忧，只望他能保你一世无忧。"

正当西凉上下都在忙着长平公主成亲的事情，突然前线传来加急战报，天朝率四十万大军压境，一路攻城略地势如破竹。原本西凉精妙的城防现在变得不堪一击，被领军的大将一一破解，很快就到了西凉城下。

与此同时，有人发现常年待在偏殿赏花品茗的准驸马爷已经不见了踪影。待到西凉败势已定，西凉王率众人立于城楼准备最后一搏鱼死网破时，大家才惊然发现，城下身着白色铠甲丰神俊毅的天朝将军，正是萧景。

余绾好像从来就没有认识过萧景，记忆里温润如水的他此刻长戟在握，坐于战马上高声说："西凉汗王，你们败势已定，跪降吧，不要再挣扎了，以后臣服于我天朝，必不会对你们赶尽杀绝。"

西凉汗王放声大笑："萧景，你尽管对我们赶尽杀绝，我们西凉几百年来从不知道什么是跪降，像你们这样奸猾诡诈的天朝，我们不屑臣服。"

"是吗，西凉王，就是你不跪降不怕死，也为你的女儿想想吧。"萧景似笑非笑，眼神扫过呆立在人群中的余绾，"你的女儿长平，当真是天真可爱得紧，让我久不能忘。”

西凉王面若死灰，颤颤地偏过身看着站在自己身边的余绾，因为用力攥拳手背上青筋都凸了出来。他站了半天突然仰天悲啸一声，直直地跪了下去，汗王身后的亲眷将领也跟着跪下，只有余绾孤独地站在那里直视着萧景。她没有一滴眼泪，只是看着萧景，一直看着他，像是要看到他的心里去。

萧景也仰头看她，脸色淡淡的，不辨喜怒。余绾突然笑了，不再是从前那样澄澈明朗的笑容，她的笑容悲怆欲绝，声音铿锵：“父汗，你们不能降，我是西凉的长平公主，是我毁了西凉。我们西凉人，就是结伴死在这里，也没有什么可遗憾的。”说罢纵身跃下城楼。

“长平！”“公主！”大家眼睁睁地看着余绾跳下城楼，除了惊慌的高喊没有别的办法。只见一道白色的人影飞至城墙半腰处接住了下落的余绾，一晃又回到了马上。

“绾绾，我能从九百场比试中把你赢下来，自然是有些本事的，我不让你死你怎么死得成呢？早就跟你说了，不要小瞧我。”萧景轻轻梳理她有些凌乱的头发，语气轻佻邪魅，和以前的他判若两人。

“为了得到城防布景图你真是煞费苦心啊，还要装作爱上我，真是为难你了，现在你终于得偿所愿。”余绾还是没有哭，她语气安静，“萧景，父汗说只愿你保我一世无忧，可是遇见你，我再也没有无忧过。以前有人问我，毁灭一个人的方法是什么，我说杀了她。后来我才知道，彻底毁灭一个人，就是先让她心动，再让她心死，且心死到绝境，你，确实已让我心死至绝境了。”

以前我盼你是个有情人，后来，我只盼你是个有心人

皇四子萧景因在收服西凉一战中立下大功，本来在众皇子当中不甚受喜爱重视的他竟然在皇上殡天后继承了大统。

先皇留旨曰："朕有嘉儿四子萧景，文韬武略，甚得朕心，天子命相，大统得承，江山可固。"

萧景继位后号文帝，轻税轻刑，勤政爱民，天朝路不拾遗夜不闭户，一派祥和繁盛之景。随后文帝迎娶了西凉的长平公主，普天同乐三日，号端敬皇后。

百姓都听说端敬皇后清绝无双，感慨帝后一对璧人。可宫里的人都知道，皇后从来就不快乐，她很少说话，从来没有笑颜，总是想寻死。皇上下令把她禁足在长宁殿，不许任何人传递任何消息给她，还把殿内所有尖锐坚硬的东西都换掉，甚至连桌角阶棱都用上好的绸缎绫罗层层裹住。

可皇上从来没有看过皇后，皇后也从来没有主动要求要见皇上。皇上皇后好像展开了一场无声的战争，没有谁能打破那样弩张的局面。

自从余绾在长宁殿昏倒后，萧景匆匆赶来到现在已经在这里日夜守了三天。他面容憔悴，可任凭谁去劝他休息他都不肯，只是握住余绾的手，看着她沉睡的容颜。

御医说她受了太大的刺激，几乎没有了求生意识，醒不醒得过来只能靠造化。从余绾断断续续在梦魇中挣扎时说的话，他明白她什么都知道了，而且，她不会再原谅他。

"绾绾，你是想去死吗？你怎么能这样啊，你父汗为了你一辈子只跪过那么一次，现在你连他的坟都不去祭拜一下竟然就想去死吗？太不孝了啊。"萧景趴在余绾的耳边，亲昵得像是情人间的呢喃。

余绾手指轻动，流下两行眼泪，约莫过了一炷香的时间，竟然悠悠醒了过来。

三天的高热不退让她的声音受到了损伤，她声音嘶哑又绝望，那双曾经灿若星子的眼睛已经黯然下去。她看着萧景一字一顿地说："以前我盼你是个有情人，疼我爱我，让我不再伤心，可是我知道那是奢望。后来，我只盼你是个有心人，还有哪怕一点点良心。可是、可是那竟也是奢望。萧景！萧景你！杀我父汗，屠我族人，三日的血流成河啊……竟然还让我在这天朝的宫墙里做你雍容华贵的皇后，讽刺，真是天大的讽刺！”余绾越说情绪越激动，禁不住抚胸咳了几声。

“萧景，我们不要再彼此折磨了。”她像是累了，轻轻闭上眼睛，面色苍白，“要么让我走，要么杀了我吧。”

“我们可以重新开始，你不能试着原谅我吗？”

“试着原谅你？你能说出这句话也是无赖至极啊，若我原谅你，除非你死，或者让看过我们西凉城防布景图的眼睛瞎掉。”余绾恨极，知道他刚刚天下安稳，万业待兴，绝对不会做伤害自己的事情。

“好，我放你走。”萧景听见自己的声音在殿里回荡，“是我对不起你，你走吧，忘了我，重新开始。”

萧景十八岁时遇到余绾，看那时的她天真直率，一见倾心，从此再美的景色他都无法流连。因为最美的风景，一直都在他的心里。

他二十岁时娶她为妻，可是再也没有见过她的笑容，她不对他笑，也不和他说话，他把天下最珍贵的宝贝给她，她也不会多看一眼。

现在，她走了。

他是庶出，知道人下人是什么滋味。自小再出色的才学也不会得到父皇半句夸奖，额娘因为地位低下受尽白眼欺凌，最后郁郁而死。只有地位和权势才能让他保护他想要保护的人。西凉几百年来都是天朝一统天下的绊脚石，现在只是最后一块儿绊脚石，也是他翻身的唯一机会，他怎么能放弃？可终究是赢得了天下，输了她。

余绾走后萧景一直在长宁殿坐着，也不上朝也不看奏章，只是默默地从早晨坐到晚上。

“皇上，你想哭就哭出来吧，皇后娘娘出宫也是件好事，你们总不能这么耗一辈子。”吟月进来点上灯，看着依旧默不作声的萧景劝慰道。

“姑姑，姑姑。”萧景抓住吟月的衣襟，仰起头，脸色茫然慌乱像个迷路的孩子，吟月心里一酸。萧景小时候害怕打雷声，一到下雨天就会紧紧抓住她的衣襟一遍一遍地叫她姑姑。

“姑姑，绾绾她走了，她再也不会回来了，姑姑，我以后，我以后再也没有月亮了。”说罢就号啕大哭。

吟月轻轻拍打着他的后背。他自小坚韧聪慧，五岁时额娘去世，那是她第一次看他流眼泪。快二十年了，他刀锋上走过，风沙里独行，没有过一丝软弱没有过一滴眼泪。现在他天下在手权力尽握，却哭得像个孩子。

“一切都会好起来的，一切都会好起来的。”吟月泣不成声，不住地说。

借问茶肆何处有，路人遥指待绾归

朝廷张贴告示说端敬皇后因疾入骨，药石无效而仙逝。举国同悲。

从此皇宫里少了个行尸走肉的皇后，乡间多了一位菩萨心肠的游医。

“绾姐姐，已经采了好多茉莒草了。”一个扎着羊角辫的女童兜着衣服给余绾看。“阿语真乖，我们把这些草拿回去晒干，磨成粉就可以用来治病了。”

“真的吗？”叫阿语的女童欢快起来，她实在是喜欢眼前的绾姐姐。绾姐姐来他们村子已经住了三年，最初，他们村发瘟疫，朝廷怕瘟疫传染，遣来好些官兵要把整个村子都烧掉，是绾姐姐救了他们。她开了一个方子每天熬药给全村的人喝，还烧一些有奇怪味道的草药。不久，村子里的疫情就得到控制，全村人慢慢地都好了起来。

因此绾姐姐是全村的大恩人，她就在村子里住下来，平常帮大家看看病也不收银子，善良得很，村子里的大娘都说她是活菩萨。

余绾在这样地处偏僻、山清水秀的淳朴地方住了三年，她知道这里不是自己最终停留的地方，可也不明白自己最终停留的地方，究竟是哪里。

她向来晚眠，常常伴着一盏孤灯阅读医书到深夜。这天却觉得有风从紧闭的窗户吹进来，一声轻响后烛火跳动了两下，然后熄灭了。

“你们来干什么？”余绾冷冷地问。借着月色看见跪在地上的三个侍卫打扮的人穿着暗红色的衣衫，纹理精致一看就是皇宫里才有的东西。

“皇后娘娘，是吟月姑姑派属下们来的，说请娘娘回去看看皇上，还让属下问娘娘一句，不记得三年之约了吗？”一个侍卫沉声说。

当年出宫的时候余绾与萧景定下了三年之约，如果三年后余绾能够放下仇恨原谅他，他就放弃皇位江山随她去，三年后的上元节在烟宁镇等她相见，可现在三年之约时间并未到。

“三年之约我心里清楚，到约定时限我都不一定会去见他，现在找我回去干什么？你们回姑姑一句，我并不愿意回去。”

侍卫们并没有为难她，她说不愿意回去他们就告辞离开，可临行时的话语让她心慌意乱起来。她茫然端起桌上的杯子想饮一口水，喝进口里才发现水已经凉透，想去换一杯热的，但没有端稳，瓷杯掉落在地上摔成了碎片。

“皇后娘娘，吟月姑姑说早就知您不愿意回去，今儿个差我们过来只是想告知娘娘，皇上他，不太好了。”

“不太好了……不太好了……”余绾喃喃自语，侍卫的话让她坐立不安，她知道这句不太好了是什么意思，也就是说萧景他可能时日无多了，高兴吗？余绾问自己，这是杀她族人的刽子手啊，现在他就要死了，可是为什么，谁能告诉她为什么，她如此难过。

“绾姑娘又把自己关在家里研究医书了吧，已经好久没有见她出门了。”村子里的大娘们聚在一起做针线时，突然想起已经不少日子没有见到余绾了。

“绾姐姐每天都出门啊，天不亮就去东边听怪爷爷说书，很晚才回来。”阿语常去余绾家帮忙晾晒草药，因而对她的行踪了解些。

“那个说书的老头啊，听说是见过大世面的人，西凉之战的时候是先帝的左膀右臂，还和当今皇上并肩打过仗呢。后来先皇驾崩后他不知为什么变得疯疯癫癫，到处说那场西凉之战给别人听。”一个大婶捋了捋筐里的线对其他人说。

“是吗？听他说西凉一战西凉国本来已经降了，咱们皇上跪了三天三夜求先帝保西凉皇室无忧。可先帝是厉害角色啊，为了巩固江山，硬是把西凉皇室几百人全部诛杀了，就是端敬皇后还是皇上以死相逼，先皇才没有杀她的。”另一个人小声接口道。

“天哪，端敬皇后是西凉公主吗？怪不得那么年轻就仙逝了，满门抄斩，谁能受得了啊……”

余绾跌跌撞撞地走在小路上，这一段时间听那个老人说的西凉一战让她无措，竟一直是自己怪错了人吗？西凉灭族，竟不是他做的吗？自己的爱而不能因爱生恨到底是为了什么？

“去找他，去找他。”一个声音在心里不断催促自己，这一生太短暂，不应该只为仇恨而活。

余绾的脚步轻快起来，好像这一刻才是她几年来真正地活着。现在就去找他，去找萧景。她步履匆匆地赶回村子，发现全村人都在把色彩鲜艳的东西摘下搁置起来，她拉住一个老妪问道：“大娘，这是在干什么？”

老妪布满皱纹的脸上还有未拭干的眼泪，颤巍巍地说：“刚才有官兵来说要举国服丧，皇上他，皇上他，驾崩了。”

嘉历五年，文帝积劳成疾驾崩，文帝为政期间勤恳爱民，四方臣服，天朝大业已固，又长情于端敬皇后一人，后宫嫔妃甚少，因而无嗣，天朝大统由文帝七弟萧寒承继，号武帝。

天朝百姓无不闻之痛哭，处处可见磕头祭拜之人。一片凄清惨淡，悲痛之情三月方缓。

余绾简单收拾了行装告别了这个地方，独自来到了烟宁镇。三年之期已过，她终于放下了仇恨来到了这里，可是来的，永远只有她一个人了。

她想起在西凉的时候，萧景一袭白袍，教她弹琴赋诗，日日为她沏一壶新茶。离开西凉后她再也没有喝过茶，因为无论多么名贵的茶，都不是心上的那盏茶。

“大哥，这附近可有什么出名的茶肆？”余绾拦住一位路人问。她突然想喝一盏茶，在这个两人本来相约的地方喝上一盏茶。

路人憨厚一笑说：“我是个粗人，没有喝过这么雅兴的东西。不过听人说自上元节后，前面有个瞎子开了家茶肆，里面的茶非常好。”

“上元节……”余绾也顾不上道谢就奔向那人所说的茶肆。茶肆不大，但是客人却络绎不绝。

余绾走进去看见掌柜坐在一旁，两眼阖闭。掌柜是一个年轻的公子，一袭白袍，听见余绾进门的声音笑问：“客官是饮茶吗？我眼睛看不见，您找那边的姑姑招待吧。”声音温润如水。

余绾看着他眼泪就落了下来，哽咽着问：“你为什么看不见了，萧景？”

萧景闻声先是一愣，急匆匆站起来时还打翻了桌上的茶水。他摸索着抚上余绾的脸：“绾绾是你吗？你来找我了吗？我现在已经瞎了，你能原谅我了吗？”

余绾看着眼睛已经完全不能视物的他，突然想起三年前她出宫前对他说的话：“若我原谅你，除非你死，或者让看过我们西凉城防布景图的眼睛瞎掉。”

“你竟然真的这样做了，为什么不告诉我杀我族人的不是你啊？”余绾扑到萧景的怀里放声大哭。

“大娘，那个姑娘是你们家掌柜的什么人啊，怎么说着话还抱头痛哭起来了？”有茶客不解地问。正在泡茶的吟月回头看了看，笑着说：“那是我们掌柜一直在等的归人。”

说罢把冲泡好的茶放在桌上，又去擦了擦外面的招牌，招牌上面是萧景亲笔题写的三个苍劲的字：待绾归。

终于是归来了。

音顿

文 ♦ 时兮

第十七届全国新概念作文大赛二等奖获得者

声音是怎样渐归沉寂的呢？

地表裂开细小的缝隙而后渐渐延伸扩展开黑褐色的泥土，细密的尘埃裹着嘈杂的音色埋进裂隙中，变成沉睡的精灵。

你听见了吗？

你听见了吧。

01

记忆划开漂亮的圆弧状向后拖着长长的尾巴，像是有收纳盒把岁月按着时间日期分格收藏，只要是想回过头去看看过往，就能够把“一年前”“两年前”甚至“多年前”的记忆清清楚楚地拿出来摆放在玻璃后面，隔着透明晶亮的质地反复重温。听人说，常常摩挲的旧物会泛起毛茸茸的边，那么，陈晴夏想那段被收藏起来命名为“七年前”的记忆，应该也是因为不断反复回想而有着茸茸的边角吧，带着欲说还休的温柔底色，她悄悄地给它又起了一个名字——“最重要的事”。

重要的事情有很多，吃饭、睡觉、喝水、交谈、洗刷等，但这些都不能用一个“最”字衡量出顺序。可是在晴夏心里，还有什么比与他相识更重要的事情呢。

02

七年前。

玻璃碎裂的声音噼里啪啦地把因炎热而凝滞安静的午后割开一道缝隙，陈晴夏坐在地上手忙脚乱地翻着口袋里的纸巾，想要止住膝盖上不断从伤口向外渗出的血。用黑色正楷印刷字体写着“玻璃易碎，禁止靠近”的警示牌垂头丧气地翻倒在一边，“近”字的走之旁拉开到右下角的地方，现在已经被翻折过去摇摇欲坠地挂在牌子上。到底每天在想些什么？陈晴夏自己也不知道，可总是这副心不在焉的样子，明明知道前面摆放着二楼要换的新玻璃，竟然还能踢翻警示牌打碎了一个。

伤口从膝盖的斜上方以一个对角线的方向弯曲到斜下方，其实也不是很深的伤口，看见渗出的血珠后过了半天才感觉到它细微又锋利的疼痛。但委屈的情绪在胸腔里发酵，连接泪腺的神经在发酵的酸涩情绪里颤抖，随后温热的液体沾湿了睫毛在眼眶里酝酿。

“怎么了，受伤了吗？要不要紧？”少年在变声期的音色听不出好坏来，清澈中挤着一点沙哑，好像伏天时熟透的西瓜，被一刀切到底时擦着沙瓤的红色果肉时所流露出的质感，陈晴夏在匮乏的语言里只能想到这么形容。她抬起头来看着说话的男生，男生脚边还放着篮球，短短的头发上有汗珠，在阳光的照射下显现出灿烂的色彩来。因为逆着光，晴夏看不清他的眉眼，只能透过光影暗淡的部分凸出的轮廓线条来判断他是个瘦削清俊的人。应该是个好看的少年吧，晴夏暗暗在心里想。

“喂，你哑巴了，苏景年问你话呢，到底要不要紧啊，女生真是婆婆妈妈让人心烦。”另一个男生不耐烦地抱起地上的篮球，顶在指尖上溜溜地转着圈。

“你在几班？我送你回去吧。”苏景年依旧耐心地看着还坐在地上的陈晴夏，可是后者只是摆摆手示意自己不要紧却还是一言不发。本来还在转篮球的男生突然停下来好奇地打量着陈晴夏：“你不会真是哑巴吧？”“别乱说，我们先走吧。”苏景年拖着那个男生向楼梯走去，走了几步又回头对陈晴夏说：“快走吧，当心一会儿被教务主任抓住，又要赔偿又要去做义工。”他调皮地吐了吐舌头，“你怎么不愿意说话？本来还想问问你的名字呢。”

“我……”陈晴夏嘴唇翕动着吐出一个字，声音低微得只在嘴角旁边的空气里微微浮动，随即被湮没在清脆的呼喊里：“苏景年你快点啊，不是要在五点钟之前批改完所有的试卷吗？”再抬起头只看见匆匆上楼梯的男生和三楼短裙长发的女生的背影。

“我……”省略后面是长久的音顿，“陈、晴、夏，我……我叫……陈……晴夏。”可是再努力的陈述也只是说给臆想中的他，她失去了说给他听的机会。

这也是最重要的事情，与苏景年相遇，就是最重要的事。

03

“听说了吗，三班的苏景年被罚去打扫操场两周。”

“不可能吧，他不是老师捧在手心里的超优秀学生吗？奥数全国一等奖啊，怎么舍得让他去扫操场？”

“听说全靠他给咱们学校争荣誉的。”

陈晴夏背着书包来到教室，教室里一片嘈杂。她本来就不关心班里的八卦爱好者们每天都谈论些什么话题，哪个女星整了容，谁和谁在一起了，新追了部虐心的韩剧等。这些都是她们课间无聊的谈资，说话间语气兴奋得似乎要从正常的声线里挣扎着跳脱出来。有时候因为争论声音尖利得像绷紧的弦，只要有稍微相挤压的反面力量用力就会绷断，演变成一场你来我往争辩讽刺的闹剧。

“听说苏景年昨天打篮球的时候不小心打碎了二楼要换的新玻璃，是自己主动赔偿了玻璃又要求去打扫操场的。”苏景年打碎了玻璃，主动要求赔偿和打扫，一个被拉长详细到每个音节的长句子被她提取出来主要意思，随后其他的话语评价都成了无关紧要的繁杂背景声，只有这句话反复盘旋在陈晴夏的耳边，仿若驱赶不走的耳鸣。

“是我打碎的……”心里有着微弱的呐喊，一条叫作羞愧的河流流淌在她的心上。没有人知道有这么一条河流，水面上咕噜咕噜冒出气泡，火药般呛鼻的硫黄味道低低地在水面上盘旋，混合着担心、害怕、矛盾所纠缠蒸发成的气体循着血液在周身轮回，每个毛孔里都散发出不可告人的秘密。

不是苏景年打碎的玻璃，是我。只是一句由十二个字组成的话而已，明明是真相，可就是在嘴边生了根，张开嘴只剩下期期艾艾的吞吐，没有全部复述出来的勇气。陈晴夏在教务主任的办公室门口一趟一趟地徘徊，但是那扇木质的门似乎有千斤重，没有办法推开它。她靠在墙上用右脚脚尖在地上胡乱画着弧线，“说出真相”和“算了吧”结成飞快穿插又混沌忙乱的矛盾针线。一个名字在思量中探出浅色的线头，怎么办，应该说出来吧，毕竟不是别人的错，但是如果说出来的话，自己是能做得了清扫，还是，赔得起钱呢？

“你怎么在这里，不会是想去告诉主任玻璃是你打碎的吧？”没想到有人离自己这么近，陈晴夏下意识地缩了一下肩膀，旁边说话的正是刚才还在自己心里纠结出线头的男生。今天看清了才确定果然是瘦削清俊的人，下颌的线条隐没在衬衣的领子下，眉间有稍稍单薄的色彩，皮肤白皙，日光从他的肩线勾勒下去晕染开暖黄的夕阳色。他眼睛里有可以感受到的温和笑意，扫帚和垃圾筐就摆在他身边，手上还有铺展开的灰尘。

“不要去说了，反正我都已经打扫了，没关系的。”苏景年满不在乎地笑笑，视线落到她的膝盖上，昨天的伤口只用创可贴贴上，因为伤口有点长，创可贴只能贴住中间部分，开端和末尾的伤口泛着紫红的颜色还看得清清楚楚。“这种天气怎么能够用创可贴呢？撕开的时候会粘着皮一起撕下来的，应该去医疗室用纱布包扎一下。”苏景年的话音还没落稳，陈晴夏就向他鞠了一躬跑开了，隐隐听见背后男生的叹息：“不会真的是哑巴吧，真可怜。”话语里充满了同情的成分。

不是哑巴，真的不是哑巴，陈晴夏在心里默默地反驳，只是……

只是。

唉。

04

“校服裙子怎么磕破了？”隔壁屋的女人尖细的声音抬高了八度，震得陈晴夏的耳膜嗡嗡作响。“败家东西，早叫你不要去上学了，小影将来也是要上学的，都供着你们读书就指望你爸那个窝囊废供得起吗？”陈晴夏拿着铅笔在草稿纸上写写画画。“姐姐，吃，吃。”稍微比椅子高一点的小丫头穿着花枝招展的蓬蓬裙，手里拿着一块儿被舔了几口的糖果，举起来讨好地看着她。陈晴夏拍拍她的脑袋笑了笑摆摆手，这就是女人口中的小影，她的妹妹。

嗯，或者说是，同父异母的妹妹。

铅笔尖儿因为用力过度断在纸上，把纸戳开断断续续的一道。陈晴夏这才发现自己一直在草稿纸上密密麻麻写着的字是“想上学”，还有“苏景年”。

苏景年，真是好听的名字，好像每个字都透出暖洋洋的日光，汇聚在胸口处集成铺天盖地的温暖，在自己苍白冷清的世界里撑起细脚伶仃的结构来，渐渐从结构里延伸出悸动的廊檐。

怎么又在想这些有的没的了。

“喝喝喝，早晚喝死你，没点本事就知道喝！”女人的声音又高了八度。“老子喝点酒也要你管吗，又没用你的钱喝酒。”应该是父亲又喝多了酒回来了。陈晴夏支起耳朵听外面的动静，她最怕这种时候，父亲每次喝完酒回来都得和她的后妈言语不和大打出手。“我让你喝，小影连衣服都快买不起了，还得供你那个有病的女儿上学，还去看什么心理医生，我看是有精神病吧！你不去多挣点钱整天就知道喝酒！”清脆的碎裂声灌进陈晴夏的听觉里，是后妈摔碎了酒瓶，而后是父亲的咒骂声，女人声嘶力竭的哭喊声，邻居赶来的劝解声，这些声音堆成一个乱糟糟的毛线球，没有头绪，想想都让人厌烦。

“别……”想说一句别吵了，可是这么简单的三个字也不能通顺完整地表达出来。陈晴夏跑到客厅，站在因为争吵而开始动起手来的两个人中间，可却只能呆愣愣地：“别……别……”就是没有办法说完整。

“别什么别，自己有病还拖累整个家都不高兴，你怎么不去死！”女人一个巴掌甩在陈晴夏脸上。痛觉似乎已经被麻痹，火辣辣的感觉积聚在左眼以下约三指的地方，短暂的停顿后才慢慢铺开在整个左半边脸上，手指印和稍显红肿的颜色一点一点蔓延。

“你凭什么打老子女儿？”父亲也不甘示弱地甩了女人一个巴掌。女人捂着脸坐在地上撒泼，精心的描眉画眼已经白一块儿黑一块儿地掺着眼泪糊在脸上，像一个正在表演逗乐的小丑。可在眼下这个场景里显然不像是逗乐，她蹬着腿哭喊：“这日子还能不能过了！我算是看明白了陈国成，跟你过的女的早晚都得和你离！我也得学你那个前妻一样和你离婚，不过你别想指望我像那个女人一样净身出户，这房子也有我一半，她净身出户不还是自杀了吗……”

陈晴夏从家中跑出去大力关上身后的门，把所有的争执都关在身后。阳光斜切过一半的街道，长长的街形成泾渭分明的两种色彩。一小半蒸发在黄昏的余热中，大半被浸泡在暗淡的光线里。天色在手表表盘一圈圈的转动中变化，在时针指到8的时候终于完全黑了下去。一盏一盏的橘色的路灯接连亮起，像黑夜的心脏一样在雾气里跳动。

陈晴夏蹲在街角把头埋在膝盖上，她一滴眼泪都没有，只是反复地呢喃："我……我叫……我叫陈……陈晴……夏。"果然连这么简单的自我介绍都没有办法说好，果然是"有病的女儿"，果然是个拖累。陈晴夏似乎终于筋疲力尽的样子，她把手中写写画画的树枝丢掉，靠在后面的墙壁上无声而剧烈地哭泣，肩膀一直在颤抖，喉咙间想要脱口而出的号哭被拼命压抑成抽动的哽咽。为什么这么难过啊，可是一个话都说不好的人，可以喜欢别人口中超优秀的人吗？再有一次，陈晴夏想，如果再有一次能够碰见他，就算是不见天日的暗恋也要默默喜欢他，要是再也遇不到，就作罢吧。

"你怎么这么晚还在这里？哭了？"白色的球鞋在她的面前站定，球鞋主人的声音里带着担心和疑惑。陈晴夏听到声音的那一刻，好像飞鸟滑过心头留下一声长长的回音，而后一大片向日葵灿灿地生长出来，它们开得那么急切那么生动，好像要倾诉出所有的欢喜。

是他，是他啊。

总有那么一个人，在遇到他之前你不信神佛，在遇到他后，你笃信命中注定。

苏景年低下头来按住陈晴夏不断颤抖的肩膀，不明白为什么在看到他之后这个沉默的姑娘哭得更厉害了。"你怎么这么晚了还不回家？家里人会担心的，我送你回去吧。"苏景

年想拉着她站起来，但是陈晴夏摇摇头，挪了几步拿过一根树枝，一字一顿地在地上写着什么。她写得那么急切那么用力，以致在最后一个字写完的时候树枝都断掉了。苏景年靠过去看，地上的字不是很清楚，要靠很近借着昏黄的路灯才能隐隐约约看到结构轮廓，不过他还是很快明白她写了什么。

我、不、会、说、话。

“你叫陈晴夏吧，晴朗的夏天，名字很好听。”苏景年握住陈晴夏还在用手指固执描着那几个字的右手，善意地笑着，“晴夏，没有关系的，即使不会说话，也没有关系。”

05

如果在意一个人的话，就觉得自己会常常和他遇见的吧。几天后，陈晴夏在学校的图书馆发现了苏景年，他戴着黑框的眼镜，紧锁着眉头看着眼前摊开的一本书，好像显得更温和一些了，陈晴夏偷偷在心里浮起了一个对戴着眼镜的苏景年的评价。苏景年没有选择大多数人都会选择的靠窗户的位置，而是独自待在一个偏僻的角落里。陈晴夏在桌子的另一端坐下来偷偷看着苏景年看的书，孟德斯鸠的《论法的精神》，旁边还放着一本亚当·斯密的《国富论》，又晦涩又厚重，陈晴夏吐了吐舌头。苏景年原来喜欢看这样的哲理书啊，想起别人对他的评价，确实是超优秀的学生。

“晴夏？”苏景年的目光看了过来，陈晴夏把手里的漫画书手忙脚乱地塞进书包，朝男生慌乱地笑笑。“来这里看书吗？”苏景年看着她因紧张而通红的脸有些好笑。陈晴夏摇摇头推过去一张纸条：来这里写作业，数学不好。“数学不好？不如我帮你补补课。”苏景年顺手在纸条上画了个憨态可掬的兔斯基，做着捧心的动作真的是栩栩如生。“完全不收费的。”苏景年压低声音神神秘秘的样子，“只给你补课啊，不要告诉别人。”

集合，数列，线性规划，反函数，三角函数。这些原来都是构成陈晴夏困扰的成分，是别人口中“一看见这些名词就会下意识想吐”的心情。可是在苏景年的讲述下像是伸出了温柔的触角，把她从困扰中拉扯出来给予一个温暖的拥抱。其实这些都不是很难，只要用心，什么都不会很难，可是爱情呢？陈晴夏偷偷抬眼看着在算题的男生，侧面很完美，皱着眉头的样子也很完美。

只要用心，就不会很难吗？

并没有什么邀约承诺，不知道什么时候形成的无声约定，每个周末下午陈晴夏都会来到图书馆这个偏僻的角落，也不管后妈整天的冷嘲热讽。苏景年总会在她来之前等在那里，之后就帮她讲数学，讲英语，或者物理化学等，真的是非常厉害的人。他是不是……是不是也有点喜欢自己呢，不然为什么只给自己补课，明明应该是没有什么交集的陌生人。陈晴夏总是在解题的空隙里胡思乱想，一个小小的期待和猜想自从冒出了头就扎根在脑海里，每次都会在想到这一处的时候赶紧否定，可是却拔不掉，还一天一天地生长着。

“喜欢什么类型的女生呢？”一天补完课后两个人都在收拾书本，陈晴夏犹豫了半天还是把纸条推了过去。苏景年看完后没有想象中的诧异尴尬或是害羞的表情：“我喜欢长头发大眼睛，成绩很好，说话声音也很好听的女生。”苏景年没有任何迂折回转，所有的标准都简单却也锋利，眼角不经意地转向东北角的方向。长头发，大眼睛，成绩好，声音好听的女孩子。陈晴夏低了低头，看着自己刚刚及肩的头发，鼻梁上架着的眼镜，都不一定能上得了大学的成绩，不敢说话只能装哑的结巴，一个条件都不符合。无穷无尽的悲伤在心脏塌陷的地方滋长出新鲜的苔藓，再也没有晴朗的天日。

可是为什么，为什么要帮我承担责任？为什么会在我伤心时恰好碰见我？为什么要帮我补课？为什么，为什么对我这么好？心中像是有一只不甘愤怒的小兽在嘶吼，悲伤溶解出来的物质一直要冲出眼眶来。

眼睛转向东北角的方向，多么细微的一个动作，陈晴夏在跟着看过去的一刹那心里迅速降温。

“原来如此”带着真相的定义从空气中传递过来，在一呼一吸之间被侵吞到肺里。三班的路琛在东北角的地方坐着看书，正是第一次相遇时在三楼叫苏景年上去改试卷的长发短裙的女生。她长长的头发披散开，左边垂下来的头发被挽到耳后去，小巧的耳垂儿在光的照射下闪出熠熠的颜色。旁边有人问她一道题，她看了看笑着说这里应该填一个形容词，然后拿笔写在习题册上面，声音带着软软的质感，又像是撒上了一层糖，隐隐地透出些甜蜜来。听到身边有人在窃窃私语，说路琛这么好的成绩也每个周末都来泡图书馆，到底是好学生。陈晴夏听见有植物从脑海里被连根拔起的声音。

长头发，大眼睛，成绩好，声音好听的女孩子，每个周末都会有的免费辅导。

原来是这样。

06

陈晴夏做清扫的时候在地上捡到一个纸团，展开来看字迹龙飞凤舞，上面写着一段话，应该是最近很火的段子，前一段时间她还听到有同学提起过，最后是以好感动或者好励志作为总结，今天终于看到了全部：“语文老师说，如果你爱一个人，不是下课给人家买买水，不是短信发来发去，也不是周末一起出来唱唱歌聊聊天吃吃饭，而是做一个出色的人。以后的以后，可能还有别的人爱她。你要做的，是把别人都比下去。你要变得优秀，要比其他人都优秀。”这应该是写给男生的话吧，可是她只想知道比其他人都优秀，爱情就能改变现实吗？尽管对手是那么耀眼，几乎所有男生提起来都是以“女神”作为代号的人？

她也不会把自己当作对手的吧，那么微不足道，那么平凡，连话都说不通顺的自己。自卑感像是水藻，一旦抓住某个人就会缠着她一直沉下去，太自卑了。

书桌上放了崭新的镜子，一面几乎能照开自己上半身的大镜子。这是陈晴夏自己偷偷攒钱买回来的，不敢让后妈看见，白天就藏在能够锁上的衣柜里，晚上等到一切已归静寂大家都睡熟了之后才会把它拿出来放在桌子上，镜子里映着清晰的自己。“我……”她看见自己喉咙处在滚动，“我叫……”嘴唇颤抖得厉害，“陈晴夏。”终于说出来了，虽然还是不够连贯，但是已经好多了。加油，陈晴夏鼓励着镜子里的姑娘，比别人都优秀，现实能够改变爱情。

“陈晴夏”渐渐成了一个被反复议论的名字，从班级的中游生到年级排行榜的前十名，从一句话不说被所有人都认为是哑巴的怪人，到竟然偶尔也参加课间的八卦大军发表一些简单的见解。陈晴夏并没有感觉自己变化多么巨大，可是慢慢也有了课间能相互挎着去厕所、平时能说笑着去做课间操的朋友。其

实改变不是一件多么困难的事情，现在她也有了长头发，每天坚持做眼保健操、注意用眼卫生，慢慢也有了摘掉眼镜后露出来的大眼睛，也有了很好的学习成绩，也可以用好听的声音说一些话。苏景年，我现在符合你的理想型了吗？你会不会，会不会看到我的变化，有一点点喜欢我？

“晴夏变化挺大的，以前从来没有发现你还蛮漂亮。”现在关系很好的朋友这么评价她。“没有啦。”陈晴夏羞赧地笑笑，“你说男生会喜欢为他们刻意改变的女生吗？”晴夏小心翼翼地问。“这个不好说，不过真正喜欢一个人的话，不管她是什么样都会喜欢吧，不喜欢的话不管对方做什么改变，应该都不会喜欢的。”女生狡黠地看着陈晴夏，“难道……”尾音拉出暧昧的长度。“不是，我只是随便问问，不要多想。”立刻就听懂了暧昧长度的陈晴夏忙摆着手否认，可心里还是咯噔一下子。

不喜欢的话不管对方做什么改变，应该都不会喜欢的。

是这样吗？

07

再次看到苏景年是在半年后，其实在这半年里她无数次看见过苏景年，她对他喜欢吃的东西、爱去的地方了如指掌。所以每一次她都会在他看不见的地方看着他，心里面暗暗告诉自己，等我变得再优秀一些，优秀到能够稍稍可以和他比肩的时候，我就告诉他，苏景年，我喜欢你，喜欢你很久了。

“你好，我是陈晴夏，以前谢谢你。”陈晴夏向苏景年欠欠腰鞠了一躬，好像很奇怪的礼节。可是陈晴夏觉得自己在说话之前必须要做些什么才能缓解内心的紧张与压力，终于说话可以没有任何困顿。“晴夏，好久不见了，你看起来变了很多。”苏景年依旧是温和的笑意，语气里是不加掩饰的熟稔，对陈晴夏可以说话这件事竟然没有任何的怀疑与疑问。“景……苏景年，我有话想对你说。”本来想只叫他名字的后两个字，可是显得太过亲密反而有些尴尬，后一个字咽了回去又改成叫他的全名。陈晴夏攥紧了拳头深吸一口气缓缓吐出来，又仔细重复了一遍：“苏景年，我有话想对你说。”

“我不是哑巴，以前不能说话是因为自卑，因为我是一个结巴，连简单的自我介绍都要反复几遍才能说下来，所以才不敢说话。我从来没有喜欢过任何人，直到遇见你。你问我是不是受伤了，你替我承担责任赔偿玻璃打扫操场，我想如果再遇见你一次就决定永远喜欢你，然后从家里跑出来的时候那么恰巧地就遇到了你。你帮我补课，你那么温和，我真的太喜欢你了，没有办法控制我自己。”

陈晴夏突然就大声地哭泣起来，她说话快速急促，仿佛慢一点就会消耗掉所有勇气，哽咽的语调像是拔丝一样扯得细长，“你说喜欢长发大眼睛成绩好讲话声音好听的女生，我每天都在家里对着镜子练习说话。我像在书上读到的那样，洗了一个小圆石子放在嘴里反复练习句子，刚开始的时候每天舌头都会磨破，慢慢地终于能说出完整的句子来。我留了长头发，坚持做眼保健操摘掉眼镜。我把能够利用的时间全部拿来学那些我看到就会头疼的题，坚持不下去的时候就裹进被子里大哭一场，哭过之后肿着眼睛继续做题背书，就是为了能变成你理想的那种成绩好的女生。我喜欢你，我真的是，太喜欢你了。”

说完这些话，陈晴夏哭得蹲在地上，泪水从手指缝间汹涌出来，一直以来的艰难、委屈、痛苦、悲伤、辛酸，似乎这一刻都找到了宣泄的出口。那些在自己头脑内生成的倔强与喜欢穿透骨头和淋巴，穿透了每一个细胞和每一寸皮肤，无形地生长。

苏景年也蹲下来看着泣不成声的少女，伸手扶住她的肩膀：“谢谢晴夏你喜欢我，我……我也有喜欢的人了。”

08

“我也有喜欢的人了。”

陈晴夏已经想不起来那天听到这句话的心理状态是怎么样的了，她只知道自己应该赶快从这里逃离。她捂着嘴巴站起来就飞跑而走，把苏景年的呼喊抛在身后。是啊，一个那么优秀的人为什么会一直单身呢，原来心里早就有了喜欢的人，可心还是疼啊，好像心脏承载情感的部分开始溃烂，渐渐分裂出扩张的罅隙来，风吹过有猎猎的回响和钝重的疼痛。虽然终会有茂盛的枝叶在这里繁衍，可是还会有根刺痛得扎进心壁。

在几天的东躲西藏后，陈晴夏终于被苏景年堵在回家的路上：“陈晴夏，你从来都是这样不听别人讲完话的人吗？”陈晴夏低着头拼命咬着嘴唇上的死皮。“你不好奇我听见你能够说话为什么不惊讶吗？因为我早就知道你不是不会说话而是语言障碍。”

苏景年缓了口气：“我表哥是心理医生，你去他那里看过心理疾病，我在遇

见你之前就在他那里看过你的医疗档案，说你是因为母亲去世的心理障碍导致语言障碍。表哥说他们把你这种情况叫作音顿，不是不可以治愈，而是你没有动力突破你的心理障碍。

“我从遇见你的时候就认出了你，本来只是想帮帮你，可是后来，我自己也说不清我对你变成了什么样的情感。帮你承担责任，你离家时找到你，给你补课……晴夏，这些都不是碰巧的事，哪有那么多碰巧的事情呢？只是因为想见到，想找到，想帮到，才促成了碰巧。”

苏景年抓着陈晴夏的手腕继续说：“晴夏，其实真正爱一个人不只是全心全意地保护她不让她受伤害，真正的爱她是帮助她强大起来。让她在别人面前不自卑，别人提起她时会让她觉得骄傲，不让她在黑夜里黯然哭泣，让她变得越来越优秀。即使有一天她因为太优秀在感情上有了更好的选择，但是帮助她让她变成这样的那个人，她永远也不会忘记。

“晴夏，我早就知道你喜欢我，说的那些喜欢的女生类型，是想让你因为有个目标而变得更加强大更加优秀。我想做你身边那个，你永远不会忘记的人。

“所以我说的那个喜欢的人，是你啊。”

如同皱巴巴的棉花被吸进了空气变成了大朵大朵的云彩，饱满得膨胀，剪一片下来慢慢咀嚼有着温馨的甜软，心情就像是三月的晴朗，花朵一般地绚烂着。

我说的那个喜欢的人，是你。

真好。

09

岁月的弧度已经画得足够圆满，厨房里传来的呼喊声打断了晴夏的回忆：“老婆啊，炒菜是先放酱油还是先放醋？”陈晴夏走到厨房看着空空的菜锅无语地摇摇头：“苏景年，你管它先放酱油还是先放醋，你先放油好吗？”

尾

对生命的怨恨，对现实的不满，对自我的失望，这一切的一切最终会慢慢累积沉淀下去变成厚厚的淤泥，努力和改变会涌动上来变成盖住淤泥的平和的一池水。爱情像音顿一样，即使在开始会断断续续地让人失望，可是总会有顺畅的时候。爱情会改变现实，我们要相信。

你知道吗？

你知道的吧。

在离开之前相遇

文 ♦ 贾静

第十七届全国新概念作文大赛二等奖获得者

01

我没有想过遇见你。

就算是度过了人生的二十个年头，就算是从北方的寒冷过渡到南方的温和，就算是我遇见离开很多人也不太过悲伤。本来以为只是一次简单的老友相聚，本来不曾相遇的我们变成了交汇的两个灵魂。

在离开后的一星期，我还是十分不相信。或者现在，睁开眼看着新一天阳光的我，还在想自己是不是做了一个冗长的梦。

记得两年前，是自己一意孤行，不顾春运旅途的拥挤和危险来到那个城市，而相似却不同的人群多少让人害怕孤独。于是自己在热闹的宴席中充当那一个较为耀眼的敬酒者，用话题煽动气氛，懂得如何照顾年龄小的同行者。可是更多时候的自己只是想简单地一个人走走停停。

忘了如何开始的第一句话。

和公交站认识的陌生女孩度过了一个同行到某地的下午，不管是蜿蜒小路的蓝色扶手还是艺术区外围的涂鸦墙，不管是暖黄灯光的咖啡厅还是路灯昏暗的分岔路口，不管是到达城市地标还是回到住所附近的小路。这一切只是让我觉得有人相互陪伴，获得短暂的安全感，或者只是一种简单陪伴同行的欣喜。

我知道灵魂深处的自己需要的是什么，或者说怎样一个人。

倒数计时太久之后，已经不再抱有任何幻想。

就是在这样一个时候，看到了你。

在我的头发乱糟糟没有洗的时候，在我的外套穿了两天还没有更换的时候，在我的眼神里已经不再想要寻找到吸引我的东西的时候。

你到了我的世界，猝不及防。

甚至我都没做好准备，那种不会想到眼前这个人和我有任何关系的没有准备。

新年到了，外面鞭炮声还有烟火炸裂开来的一瞬光芒，让我觉得好像自己是隔离在另一块儿玻璃板外的世界，没有任何节日的快乐，只有痛苦的想念。

对我而言，你就像是一场梦，永远不想醒来的梦，让我愿意久远沉醉其中而不会自拔的梦。

悲伤的是，不知道哪一天你的离开就成了不言说的永不相见，不知道哪一句话就成了留在心头的最后一句。

即便是这样，我依旧没有过任何害怕。因为我怕的永远不是分离，而是不能相遇。

因为你是一个发着光芒的人啊，内心的自己就是这样想着。

时常穿着到膝盖以下的黑色大衣，嘴唇勾勒出深红色，轻吐一下烟雾，所有心绪都被笼罩。当时的我没有想过，你烟雾里的心事，以前有多少，而以后又是否有我。

我像是和别人打招呼一样，热情地叫着你的名字，然后你停下正在继续的话题，看向我，微笑。这大概是我对你最为开始的印象。

你微笑的时候，眼睛眯成一条缝，那个时候我就注意到了，很美。

俗气点来说，如果那个时候时间暂停，世界变成回忆中永恒的所有，我们不再存在，最后那个微笑，是一定要留下的。

02

开始怀疑和担心，在我离开之后。

那种心疼难过，叫作想念吧。

不管周围怎么热闹相拥，我仍旧希望一切都因你而美。于是我陷入了深深的痛苦，因为你不在我身边。

经常听到的形容，就是什么你是我的光之类的语句，并不是这样简单的感受。因为遇见你，那种似曾相识不是通过表象而判断，而是一种内在的吸引。

开心的就是，那种不用言说甚至眼神都不用传递的默契真的让人倍感暖意。

平等来源于内心的相互吸引，或者说是一种注定好的相逢产生的认同。

安静得可以听见内心时钟滴答的声音，敏感得可以感受到心脏牵扯的微弱。这一切关于你的所有，放大、扩散，流向我的所有，又在终点回归最深处。

害怕这是一次炫目的烟火。开始绚丽燃烧，又在最后消失于天空，硝烟被风吹散。

因为极度契合而带来的前所未有的身心愉悦，而分离的难过痛苦却在以后的岁月慢慢折磨。时间冲散了过去也让我们有时因为无法预见未来而绝望，可是还是感谢，在离开之前，让我遇见你，发现了另一个自己。好像是从灵魂深处撕扯分裂出来，又像是相隔了遥远国度吸引而来的。任何华丽的辞藻都无法形容这种感觉。

刚刚分离的时候，看着照片里的你会感觉难过得马上要哭出来，然后根本抑制不住地哭泣。飞机上短暂的旅程可以沉睡，可是高铁的几个小时让人感觉悲伤随着它经过的地方牵扯出遥远的痕迹。

我想念你。你知道吗?

睁开眼睛想起来身边没有你会心里空落落的，睡觉之前面对四周的黑暗会幻想自己可以穿越时空，然后回到见面的第一天，不断重复，永不离别。

想你的时候，听听你告诉我的歌曲，很多的不稳定的情绪就慢慢缓解了。都曾有一个放低姿态追寻的自己，或者有过一个高傲到蔑视别人所有的付出的自己。一切终将过去，未来总会到来。

走过了一条条繁华的街道，而今想起那每一步就像是踏入一个深渊，不能自拔。夜晚街边的彩灯让迷途的我们分辨了来时的方向，最后回到了出发的地方。

无时无刻不在交谈，庆幸的是每次的交谈过后都会有更多的默契点。心里的一把把锁都慢慢对上了合适的钥匙，没想到这么多把钥匙，竟然全在一个人的手里，之于我，之于你。

慢慢打开彼此设防的屏障，走进了内心最深处的一隅，将对方埋藏的最深刻的秘密一并挖出。过往认为永远不会修复的伤痕真的就生长出了新的皮肤，会微微发痒。

以前以为会有永远，于是在一起的时候就肆意挥霍，时间、金钱、信任、爱护等很多东西。现在知道不会有永远，于是我们不会轻易承诺，也不提永远。我们清楚知道有一天会分别，这一天可能就是明天，醒来一睁眼，一切清零，或者化作虚无的意识。而也可能结束是在你说的四十年以后，在我们老去死去的一天。缘分让我们注定了相遇，可是如何离别还是依靠自己，我们自己的决定。

每次的变化成长都是一个打破重塑的过程。而感情也是如此吧。

物质不匮乏的我们只能更多地追求缺乏太多的感情，用看似充裕的感情填补空洞的内心。于是路过了一个个人，以为他们会是最后的停靠，最后发现不得不离开，因为开始选择总是因为某种理由，那结束便有千万种不合适。

受不了若即若离，更不喜欢冷淡，如果选择就算粉碎也要热烈。在某种程度上，因着行为的过分理智，不暴躁不宣泄，而在情感上才会如此吧。还好只是内心的翻涌，无关他人，伤害已经是最小，大部分都已经留给自己。

千万不要让我陷入深切的单恋，因为我知道如此的感觉你必然也经历着。

以前幻想过的情节都成了现实，所谓理想型的存在总是让人时刻回忆起来都是甜美。

不过我们不是上帝，我们都是凡人，必然有不完美，彼此都不能接受的不完美。情愫暂时屏蔽了这些理性判断，在还没有醒来的时候，继续做着这个陈旧的美梦吧。

03

雨雪天气过后阴沉的天空，前一天失眠晚睡第二天醒来后半天都是低沉的情绪。

呼吸也变得沉重，不像是和你在一起的那个南方城市的雨天，除了泥土芳香还有着莫名的熟悉和依赖。老旧的楼房踏在台阶上有一种安全感，重叠到很久没有回到的北方的老房子，一样的感觉。还能想起楼下生长到四楼的香椿树，还有院子里的各种花草，破旧的生锈的铁门油漆早已经掉色，生出黄色的锈迹，风吹雨淋也变成了深红色。

回忆中的人和事总是让现在陪伴的人心生艳羡。曾经付出的所有，不可能再有第二个人享有，即使拥有心情也必然不是当年。然而从不期待你我如丝毫未描画的白纸，那样的日子索然无味，那样的人生也是乏善可陈。而我们此刻相遇就是背负了各自曾经走过的伤痛，放下往日付出的心力，共同到达了一处栖息地，然后开始了交集之后的同行。

如果我们都是为了一渠泉水，那之前我们都在黑暗中摸索前行、无人陪伴的日子就是一场煎熬，热闹的表象不能满足你我内心孤独产生的巨大空洞。而你提着一盏灯路过我身旁，抬眼看去，你轮廓美丽，眼睛像天使。在你眼中我是怎样呢？无数次地想，答案还是要你亲口告诉我。

从来不问离别，却是在相处的时候做好了离开的准备。时光如昨，旧日的你我相遇，而分别终归有期限。这样的交汇可以持续多少时日。

矛盾得就像一个喜爱阳光的植物总是对泥土里的黑暗潮湿怀有依恋。用理性否定自己又用感性推动靠近不能克制。

恨时间太晚，让我遇见你。也恨自己不够优秀不够闪耀，只能默默靠近。

相隔的日子，从开始的翻阅照片，到如今脑海里自然地全部都是你。

同一个领域相通的心境，或者说你比我更多一些的阅历和层次，像是小孩子把自己的画给老师看一样羞怯，还是希望被认同的确幸。自认为自己就是一个匮乏的人，所以用最珍贵的文字或者照片方式记录下来赠予你，希望你不会嘲笑我寒酸的表达。

04

桌子上散落的明信片之中有你的笔迹，随手带着路途中看的书有关于你的描述。

从南到北。从上海无归属感的来往人群里到无锡小城安静的街道河流。

做了一个梦，梦里你说离开，转身在那个熟悉的咖啡店，那里的猫曾经因为我打扰了它的睡眠而怒狠狠地咬了我一口，相似场景中，你将深色大衣换成了短袖背心。你说一切都要醒来了，不想再继续做梦，没有意义。然后就在这样的梦境之中醒来，睡衣湿透，外面还是灰色。

即使最后离开是现实，现在还愿意在梦里沉醉。

你的存在像是什么呢？不用我关掉手机，只需要关闭聊天软件，我们的生活好像就没有交集。也不知道自己怎么那么没用，每天闲暇，而你忙碌的时候挂断电话，听着另一边的断线声心里就抽紧一下。在意过度就会变得小心翼翼或者歇斯底里。

矫情起来自己都会吓到不行吧，何况是你呢。

还好还好，还有另一个自己劝慰着自己，收起可怜不可爱的少女心。

思绪就是这么飞了一整天，以至于不得不洗个澡镇定一下。水蒸气慢慢模糊了淋浴间的玻璃，笨拙写上你的名字然后看着它被水流冲走。如果某天在熟悉的街道碰到你，想想应该不会相信自己的眼睛，偏偏这些愈发不切实际的幻想在我心里生根发芽，疯狂生长着然后肆意地蔓延。

很多事情慢慢模糊，感觉却深刻了很多。

从不刻意靠近，只是习惯追寻。

几个人吃饭的时候，你低头玩手机。我瞥向你的屏幕，消息提示弹出来的时候还是觉得不要窥探别人隐私，于是别过了头继续和别人谈话。你喜欢咖啡，麦当劳、星巴克还有当地特色的店铺，都随着你点了相同的。还有你带着温度的声音，不管是说话还是唱歌，都带着那种温柔的南方口音。在那几日降温的夜晚，我们在街上散步的时候还是格外惬意。

我除了写作还喜欢摄影，可能这也算是相似，有你的时候灵感就像是上了发条，轻轻扭动旋转就不断涌出，拍出的照片充满了我怪异的思维。就是这么一个天马行空思绪乱飞的人啊，记录也不懂得有顺序。

我们走过了很多地方吧，名胜古迹或者简单乱逛的街道。一起去教堂，记得小时候都是圣诞节随着人潮进去，相比节日时浓厚气氛的教堂更喜欢这次雨后散步随意闯入。还有初中学校附近那个你经常去的音像店，我挑选岩井俊二的电影碟的时候，你会不会正在买一张摇滚乐队的专辑？

看一场情人节的电影，明明是一个大制作的商业片，我们的笑点却莫名其妙撞在一起然后笑得前仰后合。超市买东西或者逛街看衣服也是有趣的事情，其实在别人看来超级无聊的事情为什么都会有各种开心的地方。吃饭的时候口味也是奇怪地接近，原以为我一个北方人吃不惯南方的口味，可是竟然只能用津津有味来形容。更加可怕的是，我可以听得懂大部分的方言，就像你们对话的时候我基本不用你翻译成普通话。

最后离别的时候我们碰撞的酒瓶，灯光照在玻璃上，好像提醒我要说再见了，然后一切关闭成了黑暗一片。

最后的道别不过是车站的送别。我拉着行李箱走进候车大厅的时候转过头，你还在原地望着我去的方向。手机拨通，响了很久还没看到你掏出手机，于是快步穿过人群和你告别。坐在宽敞的座位上的时候，我告诉自己这就是离开了。

05

一场春秋大梦。

聊天就像是嘴里融化的黑巧克力，苦涩里的甜美，总是能牵扯出很多的心绪。这种向上的感觉不是浅显地想要为了谁变成更好的自己，而是更加肯定自己的人生方向，甚至是坚定自己在世界存活的意义。

拨通手机的一刹那，熟悉的铃声响起：

“I wish I was special,

But I'm a creep, I'm a weirdo.

What the hell am I doing here?

I don't belong here...”

曾认为我们都是献媚者，感情中认为自己是不够优秀完美的一方。然而遇到了对方就不用再纠结难过，只需要坦然接受曾经的自己，然后共同到达未来的河岸。

内心曾经深埋的绝望或者颓废被打破重建，一座新的强大坚固的城池重新建造。一条条暗涌的河流就是我们重新寻找到的归宿，血液一样流淌的感觉放大了每一处细微的欢乐。

不再惧怕分别，也不再担心背叛离开，就是到了一个永无战争的国度，连内心的阴暗怀疑都一扫而光，剩下坦然的真诚温暖和太久没有触摸的柔软。

曾经种下的种子，曾经落下的悲伤的叶子，如今化作肥沃的泥土陪伴。所有的争吵、难过、距离、担心都在一次次的交谈中变成了阳光和水分，滋养感情成长得更美丽，婀娜的身姿还有细腻温婉的内心。

想起了《绯闻女孩》里面布莱尔和恰克说的："三个词，八个字母，说出来，我就是你的。"

最后还是没能如愿。他们的游戏没人了解只有彼此懂得。而我们也是。

不会说什么爱你至死不渝的话语，只是会在笔记本或者备忘录写下只言片语的记录。

06

关闭电脑的时候还是在回味，像是茶叶残留齿间的芳香或者咖啡苦涩里承载的醇厚味道。梦境或者童话总是要结束的。

嗨，你在那里还好吗？我想念你。

真希望我们遇见的时候对你这么说，告诉你这是我遇见你之前幻想的日子。

从未到来的你，你知道我在你身旁，某天就会出现吗？

他点亮全世界的灯火

只愿我这一生铁石心肠，再也不要为你动容。

文♦时兮

第十七届全国新概念作文大赛二等奖获得者

01

“这是我走的最后一场秀，谢谢今天到场的你们，我在T台上走了七年，直到今天，没有任何遗憾。”宁苏夏站在台中央，头顶上的灯光带着些昏暗的色调斜斜地射下来，将她精致的五官笼住，带了几分隐约的感伤。

她话音落定的几秒内一片死寂，紧接着就乱成一片。

“Summer不要走！”

“Summer我们还要看你走秀！”

台下有的粉丝已经号啕大哭，没有人想到这场算不上大牌的走秀竟成了宁苏夏的告别场。

宁苏夏是近几年身价最高的模特，她从一个小小的试衣模特到被贵人相中走了一场秀，紧接着又在VOGUE分五期推出了一个系列时尚大片，“Summer”这个名字一时声名鹊起。

一张亚洲面孔能在一群欧美模特里占据一席之地本来就困难，而且宁苏夏更是在巴黎和伦敦的时装周上受邀为Jean Paul Gaultier、Burberry、Louis Vuitton、Alexander McQueen等知名品牌连走二十四场秀，并为Anteprima闭场。

许多国内外知名媒体和时尚杂志都为她做了大版面的报道，称宁苏夏是中国最有灵气的模特。

她是一个传奇。

“我今年已经二十六岁了。”宁苏夏轻轻开口，观众席上的议论声小了些，“自从十九岁正式入行，这七年来我每年几乎都有十个月穿着十二厘米以上的高跟鞋、化着浓妆走在T台上，有时候我看着镜子就会问自己，这种生活到底还要过多久？就在几天前，我突然觉得自己老了。”

她哽咽着的声音发出颤抖的声调，宁苏夏做了一个所有人都吃惊的举动，她轻轻摘下左手食指上戴了七年的素戒，弯腰放在台上，深深鞠了一个躬：“我要和盛易结婚了，谢谢你们陪我走到这里。”

盛易本来是模特出身，但因为出色的相貌和过人的演技渐渐在演艺这条路上发展起来。他最初因为投资傅允崇的工作室与宁苏夏相识，后来在各类综艺访谈中都毫不掩饰地表示心目中的女友类型就是宁苏夏那样的。

没想到他们最后真的走到了一起。

宁苏夏抬起头来，向来冷静的她也以手掩面，眼泪大滴大滴地从眼角滚落，观众席更是哭声一片。最前面的VIP座位上，一个穿着正装、面容俊逸的男人在听到宁苏夏宣布她要结婚的消息时右手紧紧握拳，青筋根根分明地凸出来，足以看出他这一刻的暴怒。

时装秀结束后宁苏夏如同大病一场，她婉拒了经纪人要送她回家的建议，拖着疲惫的身体穿过六楼走廊准备乘电梯去停车场取车。高跟鞋“嗒嗒”地踩在木质地板上敲出脆响，突然拐角处的一扇门打开，宁苏夏被傅允崇一把拽进房间里狠狠地抵在门板上。

“宁苏夏，你今天竟敢宣布退出的消息，还要去结婚，真的要跟着盛易吗？”傅允崇一直是冷清寡淡的样子，相识近十年宁苏夏也从来没见过他这么恼火暴怒。

“不和他结婚，难道和你吗？”宁苏夏倔强地扬起头和傅允崇对视，嘴角挑起轻蔑的笑，语带嘲讽，“傅大设计师，你不要忘了你可是有未婚妻的人，现在却来问我和谁结婚，是不是管得太宽了些？”

“我跟你说过了那是迫不得已！苏夏，你知道我有多辛苦才做出一个属于自己的品牌，如果不和秦婉订婚得到V-Star的支持它就永远是个三流品牌，你等我两年，你再等我两年！”傅允崇紧紧握住她的肩膀，语气急促间竟带了几分恳求。

在宁苏夏眼里，傅允崇永远骄傲，从来不会低头和恳求。

“我等不了你了。”宁苏夏与他对视，“是我一直跟在你身后追逐，你也从没说过要接受。傅允崇，你永远不会爱任何人，因为你只爱你自己。”

02

宁苏夏或许永远不会忘记她面试模特的那一天。

那时她只有十七岁，穿着发旧宽大的白T恤和牛仔裤，站在一群浓妆高跟超短裙的应征者之间像一块儿旧补丁，甚至傅允崇只是微微打量她一眼就带了几分轻视地问道：“你也来应征模特？”

言语间的不屑一目了然。

宁苏夏有些羞赧，轻轻点了点头。她对模特行业并没有什么了解，只是从家乡来到这个城市读书急切想找一份兼职来养活自己。有要好的同学说她高挑瘦弱，正好一家知名的模特公司要新征一批年轻模特，推荐她来试试。

“是傅允崇要招模特啊苏夏！”好友捧着脸一副花痴的模样惊叹，“他的工作室自从捧红秦婉之后已经有三年没有公开招过模特了，就冲着能看到傅允崇，这次公开招募也会有不少小姑娘前赴后继往上冲的，苏夏你要加油啊！”

没有谁不知道傅允崇，几年来的报道专访多以“天才设计师”来形容他。

傅允崇出身普通，父母都是西南地区一个小镇上的普通职工，整个家族祖祖辈辈都和设计扯不上边儿，可他在设计上却相当有天赋。二十岁时就拿了新加坡的一个设计金奖，成为该奖项成立以来最年轻的获奖者，二十二岁参加一场在伦敦举办的以“原始”为主题的设计大赛惊艳全场，成为享誉国际的知名设计师。

“一点时尚嗅觉都没有还来应征模特，以为模特都是靠着那张脸吃饭吗？”傅允崇从沙发上站起来围着她绕了一圈，最后在她面前站定，抬手捏住宁苏夏的下巴强迫她把脸抬起来。

纵使在这个圈子里看了那么多漂亮的面孔，傅允崇还是不得不承认她真是生了一张极漂亮的脸，皮肤凝白，眼睛大而明亮如同两团旋涡吸引人一直望进去，鼻尖有一颗小小的浅棕色雀斑，把原本有些冷硬的脸部线条瞬间点缀出了几分生动。

“之前有过什么工作经验？”傅允崇问她。

“在来这里之前做过导游，另外……”宁苏夏挣开他的手，冷冷道，“我不是没有时尚嗅觉，也知道来这种地方面试模特不应该穿得像刚去菜市场挑了把两块五一斤的豆角，我只是没有钱。”

“这个妞有点意思，身材比例不错，而且也长得够漂亮，留下来试试看吧。”盛易坐在沙发上懒懒地举起双手伸展了一下腰，“比那些浓妆艳抹的瞧着顺眼得多。”

“你要知道，品牌需要的不是模特漂亮的脸蛋，而是透过模特展现自己的品牌，所以一个好的模特要表现出品牌的个性而不是凸显自己。一个太漂亮的模特往往会喧宾夺主，她所展示的不同服装也很难表现出个性。”傅允崇仔细地看着宁苏夏，又好像透过她看到了别的什么。

“先留下来做个试衣模特吧，人总该知恩图报。”他下意识地看了一眼她的左手，目光一滞，随后挥挥手示意助理带她去填合约和一些资料。

03

晚上十点钟的光景，夜色中各式各样的灯光顺着巨大的落地窗灌进来，投下一小片光亮。

傅允崇没有开灯，偌大的房间陷入整片沉沉的黑暗里。他给自己倒了杯红酒坐在落地窗前看风景，半边脸沐浴在小片的光亮中勾勒出立体而深邃的轮廓，另外半张脸倾斜进夜色里，有些说不清道不明的深沉。

他从来没有想到会在这种巧合下遇见宁苏夏，显然她没有认出他。可他不知道为什么，今天见到宁苏夏以后总是忍不住回想起几年前。

那时候傅允崇因为获得了新加坡的设计金奖被邀请参加在伦敦举办的以“原始”为主题的设计大赛。他对这个主题想了很多，包括考虑了以兽皮和树叶为主要元素的冬装和强硬的设计风格来凸显“原始”的一种回归与韧性，但画了大致的草图之后总觉得缺乏核心的生命力，因此打算到处走走寻找灵感。

宁苏夏出生在九溪镇，一个以“原始旅游”为噱头的小市镇。说是“原始旅游”，不过是因为地处偏僻又缺少资金打造景点，当地又没有什么资源能带动经济，只好靠一些天然形成的大面积深山吸引一些喜欢攀岩或者登山的年轻人。

傅允崇在绕了几个地方后也来到了这里，刚一进小镇就碰见了宁苏夏。他穿着冲锋衣又背着个硕大的旅行包，一看就是个风尘仆仆的旅人。宁苏夏一看见他就过来问："先生，你需要住宿的地方吗？我们这里的民居都特别干净温馨，而且价格也很优惠。"

他很不喜欢和陌生人打交道，只是冷冷淡淡地摆摆手："不用，我只在这儿待一天，马上就走。"

宁苏夏不甘心白白放弃这样一个获取收入的机会，她还打算假期攒出自己的学费，于是又说："那先生你需要导游吗？我们这里的深山很容易迷路，之前很多来这里登山和攀岩的人都会找个导游。"

"说了我不需要，你烦不烦？"傅允崇有些不耐烦，多日连续的奔波让他变得黑瘦憔悴，眼看大赛的截止日期在即，他至今也没有一个让自己十分满意的想法。九溪是他的最后一站，如果他仍旧没什么好的灵感，就只能上交那个兽皮元素的设计稿。

宁苏夏很少遇到这样态度恶劣的游客，加上年纪也还小，一时之间不由得有些委屈，眼泪在眼眶里打转，最后还是咬了咬嘴唇强忍了回去。

九溪的深山确实曲折盘绕，傅允崇只顾着拿相机拍沿途能打动他的风景和一些模样奇怪的石头造型，不知不觉间越走越深，最后等他发现的时候，已经不知自己身在何处。

到处都是嶙峋的怪石，他像是走进了一个阵法，时而狭窄时而开阔，但就是走不出去。一直到夜幕降临他还在深山里鬼打墙似的来回走动。

白天还不觉得有多冷，晚上刺骨的寒风顺着每一处骨头缝钻进来，整个人都忍不住哆嗦起来，三四个小时就已经冻得他嘴唇青紫四肢麻木。

他躺在一块儿平整的石头上看着挂在天上碎钻似的星星，心里苦笑了一下，早知道就雇那个瘦弱的小姑娘当导游了，今天恐怕要冻死在这深山里了。

他觉得没有什么好后悔的，每一场冒险，都不能只期待幸运。

"先生，先生你在哪儿？"

隐隐约约的呼喊传进傅允崇耳朵里，他愣了一下，随后赶紧用尽全身的力气高喊：“这里有人！我在这里！”

没过多久，傅允崇就看见了宁苏夏，她左手拿着一件厚重的大衣，右手提着一盏灯，一双大而明亮的眼睛伴着灯光在夜色里荡漾。她小跑过来把大衣披在他身上，搀着他往外走：“你还好吗？”

傅允崇体力已经接近透支，四肢麻木迈不了大步，只好把胳膊搭在宁苏夏的肩膀上，依靠她的力量一步一步往外走。

“还没死。”他叹了口气，偷偷看了她一眼，宁苏夏眉头皱成小小的“川”字，咬着牙搀扶他一步步向前走。那么冷的天她只穿了件薄薄的外套，额头上的汗却一滴滴往下掉。

“今天下午对不起。”傅允崇很少跟别人道歉，更别说是这样一个素不相识的小女生，他装作不在意的样子扭扭捏捏说出道歉的话，宁苏夏却忍不住笑了。

“有你这句道歉就够了，也算我没白救你。”

她笑起来很漂亮，眼睛微微眯成半月，嘴角有浅浅的梨涡，好像所有的暗淡一瞬间就被点亮。

这个笑容在此后的几年反复出现在他的梦境里，在那些失败和挫伤的时候总能给他勇气，让他一直念念不忘这个倔强又善良的导游姑娘。

有一句情话说得真好：“她啊，是星空。”

两个人都没有问对方的名字，好像彼此心照不宣地默认这是一场萍水相逢。宁苏夏几乎要虚脱了才终于把他带到出口，谁知就在快要出去的时候，他们被一根用来指示方向的麻绳绊倒，两人顺着一处斜坡摔下去。

宁苏夏紧紧抓住傅允崇的胳膊，在滚落到坡底的时候为他挡了一下头部，她的左手食指重重地打在一块儿凸出来的锋利石头上，两人都昏了过去。

04

幸亏有早起晨练的老人发现了他们，找来几个年轻人把他们送进镇上的医院。可傅允崇没有再见到宁苏夏。他只是因为体力不支而昏倒，再加上年轻，身体素质也好，很快就醒了过来。

护士告诉他和他一起被送来的女孩左手食指伤得很严重，以后想要和其他手指一样灵活基本是不可能了，因为家里条件比较贫困交不上住院费，已经简单包扎后被家里人接走了。

傅允崇本想找找她，但盛易的电话把他叫了回去。大赛组委会在官网发布公告称截止日期要提前一周，他立刻赶了回去。

“我不打算用兽皮的创意，虽然夸张大胆的式样和用色可能会很容易让人辨别，但作为成衣来说不够实用。”傅允崇神色严肃，把已经成稿的兽皮元素系列全部否决。

“难道你有更好的想法？”盛易仔细看了一遍那些设计稿，也承认虽然想法新鲜，但的确缺少生命力。

“或许我们一开始对这个主题的理解就偏了。”傅允崇突然想起九溪镇的宁苏夏，非常简单甚至有些老土的打扮，但却更加突显干净的气质。

那些繁复的设计虽然能让人眼前一亮，但还是让人觉得拖沓笨重，很少能作为日常装来用。

“‘简单’，我们就以这个方向做一套四季成衣的设计。回归‘原始’，就应该抛弃那些复杂的堆叠、烫钻、绣珠等，用简单来诠释时尚的各种性格。”傅允崇把钢笔重重地点在桌子上，语气里带着掩饰不住的兴奋，“对，这就是我想要的感觉。”

“好，我这就通知设计部去准备。”盛易也被他的情绪感染，整个人都透着开心。

傅允崇在伦敦大获成功，他设计的服装线条明朗，式样简洁，却又在小细节上透出微微倔强和坚硬的性格，无论是上层社会还是中层白领都能找到自己想要的个性。

Ellen杂志为他做了头版专访，他更是获得了当年杂志的年度封面人物，傅允崇在这个圈子里名声大噪。

此后这几年里他捧红过一线模特，做过国内外几场大型秀的指导，也设计过好几款风靡一时的秋冬经典时装，却再也没有当时想到宁苏夏时那一瞬间几乎要溢出来的灵感。

还好还能再遇见她。

05

“苏夏，你快过来帮秦婉试试这套衣服，小心点别弄皱了，这件衣服可是用来压轴的，每次整理起来都好麻烦。”傅允崇的小助理Lucy急匆匆地对着单子清点这场秀所有要用到的衣服，然后从一个专门的橱子里拿出一身旗袍让宁苏夏试衣。

这是今年国内最大的一场秀，全程都在网络和电视上直播。有许多外国媒体也过来进行采访，傅允崇专门请了法国著名设计师

Mission来指导，整个工作室为了这场秀已经连续两个月忙得人仰马翻。秦婉是这场秀的压轴模特，但是她现在还在米兰走秀，排不开时间过来试衣服，傅允崇就安排宁苏夏替她试衣。

宁苏夏已经在这里待了两年，除了平常帮某些杂志拍上几幅内页，替一些A类模特试衣，她一直无所事事没有走过一场秀。不过好在工作清闲，每个月也都能按时领到一笔对她来说已经不菲的酬劳，所以她一直坚持到现在。

宁苏夏小心翼翼地套上那身绣工精致的旗袍，就好像是为她量身打造的一般，旗袍贴着她纤细的腰身垂下来，侧边隐隐约约露出笔直修长的腿，长发如墨直直地披在腰间，如同一幅画。

起码在傅允崇眼里，柔水夕阳，风卷长云，就是一幅画。

“Lucy，你把单子上的名字换一下，横幅也重新打，这套衣服让宁苏夏来走。”傅允崇沉声道，“压轴那场的模特全部找西方面孔，身高全部都要在一米八五以上，你去安排一下。”

“好、好的。”Lucy有些愣住了，随后赶紧把傅允崇说的话记下来，她知道，宁苏夏要红起来了。

“我来走吗？”宁苏夏也觉得不可置信，“可是我之前没有走过秀，没什么经验，这么重要的一场我怕走不好。”

“知道我之前为什么不安排你走秀吗？”傅允崇穿着一件纯色的衬衣，整个人又挺拔又好看，“路易·威登曾是拿破仑三世的爱妻乌捷妮的御用皮革师，他发明具防水功能的平盖硬式行李箱，坚固耐用，顿时传遍上流社会，也让Louis Vuitton 一问世，就是以名牌的姿态。所以我希望你也是这样，走的第一场秀就是最好的。”

傅允崇摘下一枚一直戴在手上的样式普通的素戒递到宁苏夏手里，“这是我设计的第一件东西，现在把它送给你，戴在左手上遮住你的伤疤。苏夏，所有美好的东西，你都配得上。”

这是他第一次叫她“苏夏”，这两年来宁苏夏总是不自觉地注视他，傅允崇很少笑，总是一张严肃脸，但她就是喜欢他。作为一个待了那么久还是C类模特的她经常受到其他人的冷嘲热讽，能留到现在，其实是为了他，想要离他近一些。

这是一场非常成功的服装秀，甚至宁苏夏走出来的时候，很多人被那种旧时岁月感所震撼，当场就落了泪。

前面灯光打得很亮，西方的模特身材高挑、面容倨傲，高至腰间的单开叉旗袍，立领对襟长马褂等皆以立裁进行分组重构，在传统平面材质上还增加了织花、飘珠秀等立体工艺，颜色也做了全方位的提纯。整体风格削弱了中国传统式的收敛，而凸显了整个系列的华贵张扬。

而后灯光一盏盏熄灭，最后只留下一个昏暗的灯影，宁苏夏慢慢走出来，她手持一把镂空设计的折扇，走得很慢。她身上的旗袍与那些西化的旗袍大相径庭，是非常中式的旗袍，上面用明黄和水蓝的丝线绣成大片的兰草，交织着华丽的流苏碎线。她的头发低低地绾上去，耳饰一直垂到肩膀，脸上化着烟熏妆。

因为前面的模特身形高大，所以更衬得宁苏夏这套衣服精巧秀致。灯光暗影，秋月无边，T台两侧伸展出几枝开得正好的荷花，一时寂静，只听得间或两滴水声。灯光随着她一步步向前慢慢打开，宁苏夏的目光迷离中又透出沧桑，明明没有什么夸张的表情，却因了她的情绪让人在短短几分钟里有了光阴流逝的感觉。

那一场秀的主题是“岁月”。

那一刻，傅允崇在台下看着宁苏夏才真正明白，她是为秀场而生。

“很感谢大家今天能来看这场‘岁月’，这或许是我人生当中最好的一场时装秀。”傅允崇作为主设计师在最后向所有观众致辞，“同时今天也是一位模特的T台首秀，我最好的模特，Summer宁苏夏。”

宁苏夏那天刚过完十九岁生日，傅允崇就是她的贵人，把她从一个不起眼儿的角落捧至光芒耀眼。此后的七年，她都站在光芒里。

06

人生三大错觉：手机响了，有人敲门和他喜欢我。

宁苏夏全部的爱恋都给了傅允崇。她会在工作之余为他亲手做汤羹，会精心为他准备生日礼物，只有她会注意到他的每一个小细节，他生气时会攥紧右手，不耐烦时会很沉默。

傅允崇坦然接受她对他所有的好，也会在她生病时放下手边的一切工作飞九个小时赶到她身边只为督促她好好吃饭，她的行李从来不让经纪人或者助理整理，都是他亲手整理得井井有条，应急药品都会在药盒外面贴上便利贴，上面细心地写好对应的病症。

如果连这样都不算爱情，她不明白，什么样的感情才是爱情。

即使没有表白没有承诺，但宁苏夏一直以为傅允崇和她的心意是相通的，他喜欢她。直到后来听到不少人议论，说傅允崇要和秦婉订婚。

V-Star是国内最大的娱乐传媒公司，同时也涉及一些品牌包装和设计。秦婉就是V-Star的大小姐，当初因为喜欢傅允崇甚至和家里闹翻执意要去他那个小工作室做模特，后来渐渐闯出些名头才得到父亲的原谅。

“我和公司的合约是今年八月份到期吧？”宁苏夏躺在沙发上，扒拉着盘子里的葡萄一颗一颗剥着吃。

傅允崇在厨房里做菜，油在锅里滚滚翻腾着，一把土豆丝撒下去，翻出慢悠悠的香味来：“好像是，等到你走完公司给你安排的那场秀再续约也是一样，还能跑到哪儿去。”他笑了起来，“你就得一辈子当我的小尾巴。”

他不知道的是，宁苏夏在听到这句话时一直捂着嘴掉眼泪，她死死压抑着哽咽，不停深呼吸，眼泪就是止不住，一直无声地掉下来。

你不知道我是那么爱你，连面对你时彻骨的伤心，我都不能痛痛快快地哭出声来。

在她最后一场秀开场之前，宁苏夏问傅允崇："你知道爱一个人是什么感觉吗？"

他眼光有些躲闪，沉默了许久才缓缓说："是长久的思念和等待。"

"不。"宁苏夏靠近他，帮他把稍微有些褶皱的西装领口伸展拉平，"爱一个人，就是他点亮了全世界的灯火。有时候一个人的世界太孤单太黑暗，所以只要觉得这个人点亮了全世界的灯火，那么就爱他。"

"我怎么跟你说这些。"宁苏夏自嘲地笑了，"傅允崇，你根本不配点亮我的灯火。"

没有人会想到事业如日中天的宁苏夏会为了结婚选择退出，各大报纸网站都以头条的形式对宁苏夏退出模特圈子做了详细的报道，而在微博的热搜榜上她也居高不下地占据着热门话题榜榜首的位置。

网友纷纷感叹如今像她这样愿意全身心回归家庭的明星越来越少了，盛易虽然长了一张很是招桃花的脸，但他出道那么久除了宁苏夏没有任何绯闻对象。

"两人真是金童玉女啊，令人羡慕。"

"尽管好舍不得Summer，但是男神女神能在一起也不错。"

"祝福祝福，有情人终成眷属。"

就在很多人都留言祝福的时候，有一条微博被顶到了热门微博。微博配的图片是傅允崇和宁苏夏一同参加 Chanel 秋冬装系列的发布会，傅允崇不知道在和宁苏夏说什么，她专注地看着他，眼睛里像是缀满了星光。

"这完全就是看爱人的眼神，不知道Summer最后怎么突然要嫁给盛易，我一直觉得Summer和傅允崇才是真爱啊。"

不管别人怎么说，宁苏夏推了所有的活动一直专心准备婚礼。

“两年，再等两年。”

就是这一句话，让她彻底死了心。

傅允崇永远不会爱任何人。

07

盛易从来不相信一见钟情，直到遇见宁苏夏，看起来寒酸却又有着锋利的棱角，不卑不亢，不迎合不媚俗，整个人都似乎有一层淡淡的光芒，让他一见难忘。可是他爱的姑娘，从来没有把目光放在他身上，她的眼睛里只有傅允崇。

盛易承认自己是乘人之危，他在宁苏夏知道傅允崇要和秦婉订婚后迅速向

她求了婚，意料之中，她拒绝了。

记得那天是她的生日，可秦婉突发阑尾炎，傅允崇急匆匆地带她去医院做手术，把宁苏夏的生日忘得一干二净。

宁苏夏约了他喝酒，两个人坐在阳台上喝得都有些醉了。马路上车来车往，新换的路灯一盏接着一盏从西向东次第亮起来，盛易举着酒瓶高声说：“真好看，如果我爱一个人，就要为她点亮全世界的灯火。”

宁苏夏眨巴着眼睛注视他良久，然后轻轻说：“盛易，我们结婚吧。”

其实盛易明白，她只是太累了，想找一个可以停靠的港湾，而他恰巧就是那个最近的。

那又有什么关系。

他爱她，那就够了。

时光哪里会让每个缝隙都裹满爱意，能够遇见并且获得，就值得用一生感激。

婚礼举行得很快，在宁苏夏告别秀场三个月后，他们就在北京举办了非常隆重的婚礼。

宁苏夏和盛易结婚那天傅允崇没有去，他从来没有那么落拓过，头发乱糟糟地团在一起，下巴上也冒出了青色的胡楂儿。他呆呆地坐在客厅里看网上转播的婚礼现场，宁苏夏真的漂亮极了，洁白的婚纱、淡淡的妆容更显得她气质出众。盛易在一旁致辞，她用那种有些害羞又幸福的目光不时侧过脸去看他。

傅允崇想，如果他能选择爱情，是不是现在站在她身边挽住她的手走向每一个清晨和黄昏的人就是他？

他突然发了疯一样想听到宁苏夏的声音，他找出手机颤抖地拨出她的号码，在等待接通的过程中他一直在想，如果打通了这通电话要说些什么，是“苏夏，是我错了，我什么都不要只要你，你能回到我身边吗”还是“祝你幸福”？

“喂？”电话接通了，傅允崇兴奋的一颗心几乎要从胸腔里跳出来，可在下一刻就沉入了谷底。

“我是苏夏的朋友，请问你是哪位？苏夏今天结婚不能接电话，你有什么话我可以帮你转达。”电话里的女声欣喜中带着俏皮，不是她。

就在傅允崇打算挂掉电话的那一瞬，听见主婚人问：“宁小姐，你愿意嫁给盛先生吗？从此对他不离不弃，生死相依。”

“我愿意。”宁苏夏的声音顺着手机落在傅允崇的耳朵里。

傅允崇刹那落泪。

08

那时我们都等得太晚，又懂得太迟。

最终傅允崇也没有和秦婉结婚，他不再做设计，也把工作室转给了别人。

这个圈子向来不缺新人，他渐渐在这个圈子里销了声。

有人说他去法国的艺术大学做了教授，也有人说他已经定居纽约。

宁苏夏再也没有见过他，直到第二年清明节，盛易陪着已经怀有身孕的她来九溪镇拜祭故去的父母，邻居家的张奶奶告诉她：“苏夏，去年有个长得很好看的年轻人说是你哥哥，在这里买了处房子，经常到山里转转，偶尔还帮别人带个路。我看真是个不错的小伙子，怎么没听说你有这么个哥哥？不过我看着那面相倒有些熟悉，好像是好多年前你摔伤手指那次同你在一起的那个，你张爷爷还让我去医院给他送过饭呢。”

“就是他。”宁苏夏好像陷进回忆里，随后展颜而笑，“奶奶你要多照顾他一下，我要走了。”

他一直以为她来面试的时候她没有认出他，宁苏夏也从来没有点透过，他们给予对方的爱，都比想象中长。

其实，宁苏夏在婚礼的时候许了一个有关傅允崇的愿望：只愿我这一生铁石心肠，再也不要为你动容。

也希望你能够懂得爱，下一次遇见更合适的人，和她牵手走过每一个清晨和黄昏，即使那不再是我，我也为你高兴，也为你祝福。

那些深情，都留给岁月吧。

又逢几度秋

文♦江绎如

第二十一届全国新概念作文大赛二等奖获得者

刚下过雨，路面上还有一些积水，一摊一摊的。雨水让空气质量成为难得的“优”，整个世界都似乎干净了许多。阳光并没有太强烈，亮度刚刚好，清明澄澈，像雪山上微凉的碧水。

何薰子今天没有穿高跟鞋，所以走得格外快。她连续跟几个路人擦身而过，自己都能感觉到自己走路所带起的风。

手机响了。何薰子把手机拿出来，一看是郑悠。按下接听，郑悠的声音就冒出来，问她在做什么。何薰子说有约会。郑悠哇哇大叫，问是谁，因为除了她、程昱、周浩辰之外，何薰子就没有和别人约会过。何薰子就如实回答是程昱。那边顿了顿，数秒后爆发：“何薰子我告诉你，你别乱来，你可是已婚已育，程昱当年那样对你，你……”

何薰子向郑悠解释说他只想见见她，但郑悠不

信。也难怪，这个理由连她自己都说服不了。她不知道今天去见程昱是出于什么样的心理，但是当他提出见面的时候，她就没想过拒绝，毕竟十二三年没见了。程昱比她小将近一岁，今年也有三十三岁，估计孩子都有了。

有点渴，何薰子走进一家星巴克，外带了一杯热可可，中杯。她一般不喝饮料，要是喝就只喝星巴克的热可可。说起来这还是大学跟程昱在一起的时候惯出的毛病，一保持就是十几年。

她把热可可抱在手里暖手。虽然绝不会发生什么，但是私会程昱还是让她觉得有点对不起周浩辰，所以没开车，而是坐公车来，下车还要再走大概十五分钟。

路是越走越熟的，上大学的时候她和程昱经常来这一带逛街。那时候白马王子程昱和灰姑娘何薰子的约会简直就像是知识普及会，何薰子什么都不知道，全靠程昱一路讲解给她听。

何薰子是西北农村出身，家有四个妹妹、一个弟弟；程昱是首都家庭独子。何薰子的父母都是牧民，女儿的名字都是村里先生替取的，由于求子心切，每个女儿的名字里都有个“子”字；程昱父母经商，昱的意思是明亮。这两个看起来完全不相配的人在一起，几乎所有人都感觉不可思议。

何薰子英语不好，从小到大她唯一听过的英语就是隔壁姐姐留下来的几盒高考英语听力练习磁带。那个姐姐是“高考移民”，家里很有钱，只是她所在的省份考大学不容易，这才搬到她们村子里。她后来考上了很好的大学，临走前把录音机和磁带留给她，让她好好学习，毕竟这里考好大学容易一些。

后来何薰子也考上了很好的大学，来到大城市读书。她的同学大部分都是城里人，何薰子虽不如他们，但由于还算努力，加之同学们都很愿意帮她，她的课程总体还算顺利。可是对于号称童子功的英语，何薰子却没有办法。因为基础太差，同学们虽愿意帮助，但时间有限，辅导班对她来说又太贵，所以她只能干着急。偏偏何薰子性子骄傲，除非很为难，否则绝不会去问老师，这样就更难办了。

何薰子每天早上都去操场上边走路边读英语，程昱每天早上都去操场上跑步。程昱无数次地从身后超过她，终于有一天，大概是听够了她蹩脚的发音，他停了下来，提出要帮她学英语，她答应了。程昱的英语很好，是校模联英文部主席。这么优秀的人居然和她同一大学同一专业，何薰子想想就觉得很惭愧，那天终于说出口，程昱就说：“你在那边也很优秀，只不过资源不好基础差点，不要多想。”

在程昱的帮助下，她的期末英语成绩奇迹般拿了B。于是就定了学校旁边一个小馆子请程昱吃饭，川菜，分量大，味道好，价格实惠，学生食客络绎不绝。那天何薰子被灌了酒，还被程昱从小饭馆拉到高级酒店，然后见到了很多程昱的兄弟，最后被程昱拉着手向众人宣告她是他女朋友，也不管她同不同意。还好她是喜欢程昱的，不会不同意。

那个时候没有想过自己跟程昱是否相配，只是觉得喜欢就好。后来自己结婚，见到身边婚姻或幸福或不幸的女人，何薰子才明白，原来相爱并不是一切，很多时候你只能和自己并不深爱但适合过日子的人结婚。好比何薰子和周浩辰。

到了。何薰子看看表，还有十七分钟。程昱应该还没来。下午四点多，咖啡厅上座率惨淡，何薰子找了一个靠窗的位子坐下来，双手插在宽大的兜里，望向外面的街道。外面是商业街，繁华依旧，但建筑一看就是有些年月了，同四周现代化的高楼格格不入。其实也才十几年而已。这一片过一段时间就要拆迁，迁到市郊新区去，方便那里的人购物。何薰子就住在市郊的新区，毕竟房子便宜些，但离市区也远些。在她和程昱读大学的那会儿，她现在所住的地方还是一片农田。这也不过才十几年而已。

何薰子看着外面的车水马龙，她不知道里面是不是有程昱。服务员过来，装作没看见她手里来自外面的热可可，礼貌地问她要什么，又提醒说这里的最低消费是一个人20块。言下之意，何薰子不能坐在这里不点东西。于是何薰子点了一个提拉米苏，22块。想了想，帮程昱要了一杯蓝山。这是他以前喜欢的。

蛋糕上来得很快，何薰子一边吃一边发呆。甜甜的蛋糕掩盖在微苦的咖啡粉下，据说很像爱情的味道。以前和程昱在一起的时候，他给她讲提拉米苏的故事，然后带她吃。那是她第一次吃甜品，也从此爱上了甜品。她也曾经忧愁过体重，不过在两任男友先后表示不介意后她就彻底放飞自我，体重一度飙升到60公斤，直到准备结婚才开始减肥。

玻璃门打开，微微有光晕流转，何薰子从蛋糕里抬起头，看见程昱进来。她也不知道自己为什么会知道那就是程昱，但是就是感觉是。十几年未见，程昱的身姿依旧挺拔，褪去少年时的青涩，多了几分风度翩翩。他和以前不一样了。

程昱很快看见了她，向她走来。何薰子站起来，这才慢慢看清程昱的正脸。都说男人不显老，她高中时候的男班主任四十多岁如三十许，程昱也一样。他的脸并没有太大的变化，连皱纹都不太明显。看来新西兰水土很好。

程昱走近，保持稳重地直视她，手伸出来想握手，却又缩了回去。这一伸一缩让他没控制住步子，差点走到何薰子身边，跟她坐一张椅子。这是他们还在一起的时候程昱的习惯。不过还好，他很快反应过来，绅士地做了请何薰子落座的手势掩盖尴尬之后再回去落座。然后他看到了摆在面前的那杯蓝山，何

薰子有些尴尬，只好说是记得他爱喝给他点的。程昱道谢，端起杯子闻闻，没有开口，两人间的气氛便是以前从未有过的冷清。

何薰子把蛋糕吃完，将盘子推在一边，用右手去拿手边的热可可。程昱无意间看见她的手指，愣了一下："你结婚了？"

何薰子低头看看手上的戒指。六十分的钻其实不大，不过那是当时周浩辰

可以买得起的最大的。款式也不是最新的，因为新款比较贵。周浩辰说钻石保值款式不保值，只要能买得起，钻石越大越好，再新潮的款式也有过时的一天，适合就好看。何薰子觉得他说得对。

结婚后，周浩辰喜欢看她戴着戒指，于是她就一直戴着，周围人倒也都习以为常。不过今天程昱这样一说，她反倒好像是被抓包的小偷一样，一时手放也不是，缩也不是，只好尴尬地僵在原地。

程昱装作没看见何薰子的窘态——她知道他一定是装的，他的小表情到现在还是没有多大的变化。他终于抿一口咖啡，问她结婚几年了，她说六年。他就感叹她结婚不算早，何薰子只能说是。又问她孩子，何薰子说女儿四岁，正烦人，还调出手机里的照片给程昱看。程昱自然夸好看，又说她老公基因好。

何薰子觉得这话有点不对，但又说不出哪里不对，只好转移话题问他有几个孩子。程昱把手上的咖啡杯放下，看一眼她手上的婚戒，平淡地说："我没有结婚。"何薰子一震。

程昱没有继续这个话题，而是转入正题："我想解释一下当年的事。"

何薰子喝了一大口热可可，没有立即说话。

程昱是何薰子的初恋，也是她爱得最疯狂的男生。当年最喜欢程昱的时候，只要见不到他，她就在纸上抄写他的名字，一遍又一遍，从不厌倦。那时他们虽然在一起，但是彼此并不了解，她就疯狂地了解他的喜好，了解他的过去，了解他的可知的一切，并甘之如饴。何薰子是西北女孩，淳朴大方，认定了程昱就变着法子掏心掏肺对他好，还无数次幻想他们的未来。有一次偶然看到一个人叫程九子，她就偷偷联想那是"程昱、何薰子久久"的意思。她还会捕捉他们每一个细微的同步、每一句相似的话语，并将一切用缘分解释，傻傻地相信他们会一直在一起，每次想想就信心十足，并更加喜欢程昱。

可是，快要毕业的时候，程昱却提出了分手。

他说了很多，什么他有娃娃亲，要和娃娃亲结婚；还有什么他的父母希望他找门当户对的，何薰子不符合要求；还有什么追求何薰子不是因为喜欢她，而是因为喜欢恋爱。最后的结尾千篇一律："我们分手吧！"

听到这些话，她并没有大哭大闹，也没有追着程昱问为什么。程昱强势，她早已习惯听从。更何况她还是个极度骄傲的女孩子，不会轻易低下头。因此她只是木木地站着听完程昱的话，木木地点了头，转身回寝室，坐到床上拿起手机，把程昱的微信、QQ、手机号码全部删除，这样就算分手了。她所有的反应也就不过是哭了一场。几天后，她得知程昱办了退学，去了新西兰。

之后何薰子一直没有找男友，直到毕业三年后，她接受了周浩辰。对于这段感情她明显是不上心的，不会刻意地关注他，懒得那么积极地了解他，他不找她她就不找他。有段时间她一天就要喝一杯热可可、吃一个提拉米苏，为此不知烧了多少钱。郑悠说她还是喜欢程昱，她也不知道。只能说她不讨厌周浩辰，但要让她说出一个喜欢的，她也说不上来。

因为何薰子的不热络，他们的婚事一拖再拖，直到28岁才结婚。周浩辰是个理工男，没有浪漫情怀，只会在她冬天脚冷的时候将她的脚塞到怀里，在她生病的时候花一天坐在她床前一直把她抱在怀里。不像程昱，她冷时给她买杯热可可，病时直接叫个医生到家里，简单方便。

结婚后何薰子想过她为何对周浩辰不热络这个问题，后来恍然明白，她失去的不仅是程昱，还有爱别人的能力。她再也不愿意那么用力地去爱一个人，不是惧怕受伤，而是太累。其实这对周浩辰很不公平，尤其现在看见程昱，那种距离感，更让她想起周浩辰的温暖。

手上的热可可已经喝完，不知为何味道没有以前好了。何薰子把杯子放在一边，没有说话。程昱的眼神黯淡了一下。"当年我们家融资困难，公司面临倒闭，我父母怕债主追债，才凑了最后一笔钱送我出国。因为我带着你见过很多人，他们都知道你是我女朋友，我怕他们也找你麻烦，所以才和你分手。我没有什么娃娃亲，我父母也没有不喜欢你。后来我家渡过难关，我毕业后觉得无法见你也没有及时回来，现在我想如果我回来的话……”他停住了，没有说下去，皱眉思索化作苦苦一笑，“现在说这些还有什么用呢。”

何薰子只是点头：“我知道了。”

程昱端起咖啡，眼睛看向窗户。何薰子发现他在看她投在玻璃上的影子。程昱问何薰子怪他吗，何薰子说不怪。她也不知道她为何会回答得如此干脆明白。他叹了口气，说孩子该放学了，让何薰子先走。其实幼儿园要六七点才放学，但何薰子不敢说，站起来拿了包和空杯子，想了想，说：“祝你早日找到幸福。”

程昱愣了一下，也站了起来，走近何薰子一步，低头看她，把她得到的所有阳光都挡住。“我明天回新西兰。爸妈都接过去了，以后估计不太有机会回国。”

何薰子低着头，不敢看程昱。程昱的声音浮在她头顶，是一个要求：“能抱你一下吗？”

何薰子咬着嘴唇，良久轻轻点头。程昱将她牵进怀里，像以前那样紧紧护着。他熟悉的气息萦绕在周围，但是没有了当年的那种温暖，反而多了清冷和疏离。何薰子的鼻子一酸，眼泪差点就落了下来。

程昱松开她，低低叹气，轻得仿佛一阵风。“谢谢。”他低下头，“祝你幸福，再见。”

何薰子抬起头，正好对上程昱的眼睛。和以前不一样了。她所思念的程昱，是记忆中的那个，不是现实中的。

相见争如不见。记忆不会老，人会。

何薰子退后一步，再退一步，然后转身，像当年分手的时候那样离去。

出去的时候手机再度响起，何薰子拿出来接听——是周浩辰。

“今天发了奖金，晚上外面吃吧？你在哪里？我去接你。”

何薰子浅浅笑了。这才是她的幸福。满目山河空念远，不如怜取眼前人。

前面有个垃圾桶，何薰子把热可可杯扔掉。她疾步走远，像来时，又不像。

Part 3

暖冬

此时此刻

文♦梦鲤

第十七届全国新概念作文大赛一等奖获得者

01

鹿因先生的心理诊所位于城市迷宫的中心地带，左挨着一间日本寿司店，右临一家酒吧。

寿司店门口拥有两只号称“永远不会熄灭”的灯笼，深夜里也执着吐着衰老的腐败的光。但在那些从酒吧中摇摇晃晃走出来的少女的迷蒙醉眼中，那仅仅是两颗闪烁在浓稠黑夜里奇丑无比的巨型樱桃。

百年挑了个晴朗的周末走进那家心理诊所，根据朋友的诉说顺着大厅往里走。尽头，靠右，门牌号为1034的那间办公室里有一位美貌与智慧并存的鹿因先生。百年听见里面放着《车尔尼849》。犹豫片刻，终究推门迈了进去。

百年两个月前刚刚恢复单身。前男友是三流摄影师，对逆向生长的植物和铁轨情有独钟。曾经爱死了百年的云淡风轻，分手时却全然不顾形象地破口大骂：“你不是冷血就是有病！”说完摔门绝尘而去。

百年站在空旷的客厅里，捏捏自己的手臂，她感到皮肤底下那些奔腾叫嚣的红色河流是温热的，有温度的。它们承载着她的困倦与疲乏往返于周身，饱含深情地完成一次又一次围绕内脏和骨骼的复杂循环。他有什么资格说它是冷的呢？

于是，如果不是冷血的话，那么就是有病了。百年用巧妙的排除法得出这样的结论。

鹿因先生的心理诊所就成了日程表上“周末最想要去的地方”TOP1。

推开门看见的景象是鹿因先生躺在沙发上，戴着眼罩。阳光穿透玻璃拼命想要挤到他轮廓深邃的脸上去，可惜被窗台的花瓶遮挡住一部分，便映出一个浓灰的影子，远远望去就像是一只黑猫在温柔地吻他。

是从哪本书上看见的呢，百年努力回想“在嘴唇上抹巧克力便能吸引猫来亲吻”的奇妙方法。她尝试过一次，可没有成功。要么是因为她选择的实验对象恰巧对巧克力不来电，要么是因为她的面无表情让猫咪误以为来者不善因而不愿接近。但无论出于哪种原因，企图和猫接吻的美好祈望始终是破灭了。

而鹿因先生这边，那只影子猫虽然没有真实肉体，但看起来也足够动人了——尤其是在那样一张动人的脸上。脸的主人连沉睡时都带着的柔和表情，着实让百年自惭形秽。

大概是从十二岁开始，或许更小，百年就已经习惯于隐藏自己的情绪。继父待小孩并不好，尤其不待见小孩子哭。百年在无数响亮耳光的洗礼下终于学会逆来顺受，不哭不闹。但大概因为年幼图省事，就连笑容也一并忘了。于是在此之后的很长一段岁月里都扮演着沉默的角色，长此以往日复一日，便堆积成了如今连情绪都无法表达清楚的古怪毛病。

百年在鹿因先生醒来之后就是这样跟他解释的。

“所以，家庭是很大的一个原因咯。”面对窥视到他偷懒的百年，鹿因先生并没有显露出一丝一毫的窘迫，镇定地认真询问记录对方的情况。

“可以这样说吧。”百年点点头，她望着鹿因先生脸上那一小块儿睡着时被沙发压出的红印，又看他一本正经的样子，终究没有提醒他。只觉得它很像那只影子猫在他脸上留下的吻痕，看上去糟糕又可爱。

02

谈话的过程显然愉快得过头了。从童年一直聊到初恋，不只是百年在讲，鹿因先生也是。话题一路向南几乎快穿越了赤道线，百年依旧没有表情，可气氛莫名其妙的轻松自然。如果说番茄沙司与土豆泥是早餐最佳拍档的话，那么百年和鹿因先生就是对话最佳拍档。蛋黄酱都不能比。直到前台小姐打电话来说“4号预约客人脸色很不好”会谈才得以结束。

“不能做出表情的话，是感知和表达的问题。彻底痊愈的话要很长一段时间，所以下周你还得来一次。”鹿因先生对即将离开的百年说，“不过下一次免费，算我今天失职的补偿。”

“很严重的话。”百年微微颔首，“一次够吗？”

鹿因先生沉默片刻，微笑起来：“好吧。只要你想来，1034的门从来不会锁。”

03

心理诊所离百年工作的地方并不远，几次拜访后，百年已经习惯下班后直接去那里，偶尔会遇上鹿因先生在给其他人治疗。

这次是一个高中生，穿着窄窄的百褶裙，一副没睡醒的样子。百年进去的时候她正坐在鹿因先生对面抱怨自己作文写得太糟糕，考了132分的卷子居然有16分都扣在作文上，真是耻辱和败笔。

百年找了个沙发坐下来。

“这没什么。”她听见鹿因先生笑着对那个女生说，“我上高中那会儿作文从来都拿不过一半的分。”

“啊？”女生瞪大眼睛看他，“这是为什么？”

“内容总是太消极，与‘作文主旨应阳光积极乐观向上’相悖。”

“唔。”女生咬了咬嘴唇，“这样的确很麻烦。”

“我还记得高二的一次月考，语文作文题目是‘救赎’。当时我写了小时候看见的一只猫，白的，只有手掌那么一点点小，它不知为什么爬上了三楼的雨棚，然后就没办法再下来了，僵持在上面哀叫了整整一夜。第二天有人拨了119，可消防员来了又走，大概解释说雨棚太高梯子搭不上去，消防车又开不进这逼仄的胡同。原本打算从四楼吊绳子下去，转念一想为了一只猫搭上消防队员的安危又太不合算，于是最终作罢。”鹿因先生推了推眼镜，橘色的灯光似乎使那镜片变得太沉，他弧度傲慢的鼻梁几乎快要支撑不住它。“那只幼猫又叫了一天一夜，声音逐渐微弱下去，有人觉得它实在太可怜，这样死亡的过程太过迟缓和折磨，于是那个人捡起路边棱角锋利的砖块儿，就狠狠地砸了过去。”

对面的女生忍不住“啊”地叫出声来。

“我听见那缄默的一响，柔软又沉闷。世界忽然就安静了下来，没有了那蛊咒般的哭叫声，没有了。那只猫甚至连一声惊呼都没有发出就化为了模糊的一团红，然后血液沿着雨棚的金属骨骼一滴一滴滑落下来，仿佛是它变成了流质体找出了回到地面的另一种方式。我就在那个时候恍然大悟，这大抵也可以算作一种救赎。残忍又温柔的救赎。”

女生不可置信地望着他表情平和的脸，张了张嘴，想要说点什么，却最终咽回去，只是倏地站起身拿上一旁的斜挎包，连道别都未曾赠予便转身匆匆离去。经过百年时还给了她一个提醒的眼神。

“他是个疯子。”百年听出了她的腹语。

“你吓跑了你的病患。”百年走过去，坐在之前女生坐过的位置。

“没关系，我还会有新的病患。并且她刚刚付的钱足够我活到下一个病患的到来。”

“作为一个心理医生，你这样对待你的病人总归不太好。”

“有什么值得介意的呢，让病人觉得医生比他病得更严重，这有益于他们迅速自我康复，人都是这样。事实上，你是第一个让我治疗超过三次的人。”

“我不一样，我来这儿这么多次的目的你是知道的。你的长相符合我的审美，并且单身。”

“打住。”鹿因先生起身按住她的肩膀，“如果你还学不会在真情告白时表露出‘羞涩’和‘紧张’这两种情绪的话，你的病好不了。”说完又扳过她的脸抚摸她的皮肤，如同抚摸一只瘦弱的猫的脊骨，指尖的触感是温柔的、滚烫的。

“不过我喜欢你刚刚说的话。”

04

“我时常遇到这样可爱的人，他们中有的想烧光全世界的电话亭，有的偏爱负鼠的排泄物的味道。有的患有人格分裂，虽并不严重，但因为他的精神分裂成了一男一女，两人相恋了，可是性格不太合，所以他时常突然就自己扇起自己耳光来。”

百年忽然想起初次见面时鹿因先生对她说的话。他在谈论他的病人时流露出的情感像是在谈论某只顽劣却讨人喜欢的猫，百年不知道自己是否也算作“可爱的人”之类。但她不想听到鹿因先生对他其他病人说：“我认识一个很可爱的姑娘，她连自己的情绪都不会表达。”

她真的不想。

百年曾听过一个电台，每天晚上十点一刻有一档情感节目。很多女孩子打电话或发简讯去，问一些诸如“他不爱我怎么办”“我不爱他怎么办”的世纪难题，让人听得胃口节节败退。但好脾气的女主播都一一作答，偶尔还会附送两首情歌当作心理慰藉。她的声音矫揉造作又透着一股子无可奈何的妩媚，让百年放在关闭键上的手指迟迟不忍心按下去，便从节目开始一直僵持到了告别时间。

其实很想发一条简讯去的。百年听着节目结束的音乐懊恼地想。不为别的，只是想听听女主播念她的名字。

“手机尾号为××××的××小姐发来简讯说……”那是女主播的惯用台词。百年常常幻想用她自己的手机尾号和名字去替代那堆“×”，可手机拿到面前又就此作罢——她实在问不出那些缠绵悱恻的爱情问题。在她眼里，“爱”这个字仅仅是用来连接“我”和“你”的一个动词，和语气助词一样都没有实际意义。

角田光代的散文《礼物》里写：“名字是身体之表，当名字被唤响，命运就会被它所引导。”百年因此迷恋上被呼唤的美妙时刻。作为了解彼此过程中的铺垫，百年的确曾经告诉过鹿因先生自己这个古怪嗜好，但鹿因先生似乎并没有听清，或者是听清之后迅速地遗忘了，所以也从未因此多重复几次百年的名字。

05

再往后，在百年第六次踏入鹿因先生的办公室时，鹿因先生放下了手中的书，将她拥进怀里。

终于，几乎是顺理成章的，这世界上找不出比这更自然的事了。百年和鹿因先生恋爱了。百年没有笑，她不会笑，她只是觉得愉悦，那种愉悦的感觉与得到鲑鱼沙拉的猫身上弥散出来的感觉是一样的。鹿因先生并没有说“我爱你”，而是说“做我女朋友吧”，这是百年唯一觉得遗憾的事。但在黄昏夕阳的光芒里，鹿因先生饱含爱意的眼睛实在是太甘甜了，甘甜到让她认为所有小遗憾都可以被掩盖，继而打入记忆的无底深渊。

可以说是为了鹿因先生，同样可以说是为了自己，百年在之后的两个月时间里的确在朝着令人欣喜的方向改变。

努力去笑，摆出娇嗔的表情，学习皱眉和痛哭，在适当的时间表现适当的情绪。百年做得很好，并且越来越好。可鹿因先生在赞美和鼓励她的时候总觉得有哪里不对劲。心想大概是因为她足够努力，可惜欠缺天赋的缘故。

两人都有空的周末鹿因先生约百年出来看电影，小成本的爱情喜剧片，主演阵容不算太坏。

开演二十分钟，黑漆漆的影院里已经哄笑一片。百年一直沉默着，手紧紧地握住鹿因先生的手。别人笑的时候她就跟着笑，笑得很动听。可荧光覆盖在她的脸上令她看上去就是一张皮影，漂亮得像是随时都会迸裂，然后碎成一地的残骸。

鹿因先生有些后悔选了喜剧，他听见百年的笑声在说她不开心。

好不容易挨到剧终，散场灯光亮起后人们陆续消失在门口。百年却依旧坐在座位上，歪着头盯着屏幕。鹿因先生轻声唤她：“百年。”

她转过头来，望着他，眼睛里沉淀着碎光或其他什么东西。她说：“他们为什么要笑呢？那些人，看到女主角被番茄砸中的时候，男主角弄坏马桶的时候，为什么要笑呢？”她一个字一个字地问，望着他的眼睛，“为什么呢，为什么要笑呢？我一点也不觉得好笑啊，我不想笑，我觉得恶心，我真的一点都不想笑，可为什么他们都要笑呢？”

鹿因先生不知道怎么回答，只能倾身把她抱进怀里让她贴近他的心脏，用心跳声代替他的回答。

无论付出多少努力，发过多么重的誓，即使是有再大的决心要去改变和抛弃一些东西，但人的某个部分是注定了长久跟随的。哪怕短期里被强迫着发生了微妙变化，很快也会随着时间冲洗而恢复本来面目。百年想自己大概就是这样。它们盘踞在人的身体里，除非死，否则很难遗弃。

06

回到家不过才九点，可百年已经觉得困。看见落地灯灯光在床面上发酵和腐烂，酝酿出不存在的颜色，百年想也没想就躺了上去。

睡梦中百年看见无数个自己游荡在房间里。

裹着浴巾从浴室里走出来的自己，坐在电脑前打字的自己，面对梳妆台不耐烦地戴隐形眼镜的自己。她们都是独立存在又默契重合的个体，每一个都被牢牢禁锢在不同的时段里，仿佛沉淀着光合的默片，和蒙太奇有太过相似的美感。

她们以相同容貌做出相异的表情，手指僵直或扭曲着，无一例外都是她的脸。

如果梦境来源于思想，那这个梦的成因又来自于哪里呢？百年在梦里问自己。或者说，潜意识里的自己又想要告诉现实中的自己什么呢？百年想不明白，她只看见无数的自己自由穿梭往来，形成一个庞大的人群，一个属于她一个人的人群。

“如果连情绪都不会表达的话，那么你存在的意义是什么呢？”其中一个自己忽然走到床边停下来，问自己说，“明明开心也不愿意笑，你究竟在冷漠给谁看呢？”

另一个自己也转过身来，诘问她：“对啊，连表情都做不出的话，别人拿什么了解你呢？如果无法被人了解的话，你希望被了解的部分又怎样得以实现呢？”

不对呀，百年努力推开她们：“你们都是我，为什么要问我这些问题？”

“回答看看啊，你不能回答吗？”第三个、第四个……越来越多的自己聚集过来，将她围困在中心。“说说看吧，你活着的意义。”“对啊，说说看。”“说说看嘛。”

百年觉得有什么液体弥漫下来，自上而下的浓稠透明浆汁，从她头顶一路湿润下去。先是眼睛，然后鼻腔，最后嘴唇，她快要被淹死了。

“不要！”

百年就在自己的尖叫声中醒过来。

落地灯还开着，灯光变得成熟了一些。醒悟过来刚才仅仅是一个梦后百年长长地呼了口气，转过头打算继续睡，却摸到枕头上一片湿润的水汽。

那是她的眼泪。

07

“被自己的眼泪淹死吗？”百年抱着枕头坐起身，鸟瞰窗外依旧明亮的城市夜景。“这倒是个不错的死法。”

低下头凝视着那一团比周围颜色略深的干涸的袖珍湖泊，一个小小的鸡心形，是怎样的痛哭才能留下这么甜美形状的泪痕呢？百年问自己。为什么要哭，难道真的没有办法回答自己的问题吗，明明可以的。

“我只是不愿意表露情绪而已，对，仅仅是不愿意而已。”

可是这样的理由连说出这句话的自己都说服不了。百年悲哀地捂住脸。

鹿因先生就在这个时候打来了电话。

百年抬眼瞥见墙上的钟，一点零一刻，钟把指针摆成狭隘的锐角，像极了鹿因先生眯起眼睛时的表情，因此百年觉得他正看着她。这时，电话不慌不忙地响起来。她赶紧把润湿一片的枕头丢到遥远的床的另一端去，伸手接起了床头灰褐色的固定电话。

“喂？”

“百年。”

“嗯。”

“百年。”

“嗯？”

“百年。”

“怎么了？”

“——我爱你。”

那一秒，捏着听筒，百年忽然觉得自己醒悟了什么。

人活在这个世界上，一生遇到了太多只有一个答案的选择题，命运被框定在一条又细又窄的答题区里，她又能怎么样呢。

比起挣扎在贫困线上的人，她太富有。比起绝症病患，她太健康。比起那个电台女主播，她甚至不必刻意拿出温柔又知性的腔调去应付十五六岁有着一颗颗玻璃心的小姑娘们。人擅长比较，是因为能从比较自己优于他人的差异中获得幸福感。

百年不清楚这幸福感源于哪里，但她明白这不仅仅是落差深入大脑思维后衍生出的小问题，这关乎自我保护的意识以及感知的能力。可现在，当她捏着听筒，听着遥远电波那头传来的声音，只是忽然地就失去了比较的欲望。她觉得她在这个时刻，只要还活着，还能听见听筒里的声音，就已经足够幸福了。这简直比哭和笑还要容易，她几乎快控制不住胸腔里的红色气泡从喉咙中跳脱出来。

百年终于明白了，原来“爱”并不是一个无意义的词，之前的自己是否太过于注重结果而忽略了摸透生活的本质，所以变得迟钝了。任何事她都不愿深究，以致任何事都停留在浅薄表面无法深入内部，自然也就失去了敏感的情绪。百年想，自己大概并不是冷漠的人，也终于承认不过是迟钝罢了。还好，现在她得以融会贯通。原来爱的意义在于相邻的两个人和相邻的两颗心。

鹿因先生的声音，就像一片宁静的湖泊，有着温柔的心。百年想起第一次见他时阳光透在他脸上的阴影。这样想着，百年觉得，在这世上、在她的生命里，应该没有什么是鹿因先生不能代替的了吧。

“唉，你刚刚说什么我没听清，再说一遍好不好？”

那边传来低低的笑声，然后是鹿因先生宠溺的声音：

“百年，我爱你。”

当名字被唤响，命运就会被它所引导。百年再次这样确定。

自然卷男孩

文♦鲸海

第十七届全国新概念作文大赛一等奖获得者

雨天到来的时候，雨水一个劲儿地砸在道路上。小尹在人群中逃荒一样地跑着，匆匆来到家门前按了门铃。阿桃开了门，见是小尹，便大声地笑起来。小尹知道妹妹又在笑话自己的头发了。

小尹冲进浴室，替换下了一条淋湿的牛仔裤，水从裤脚缓缓滴下，他伸手抓来一条毛巾在自己脑袋上狂搓着。这个夏天，他的自然卷又长了很多。小尹看着镜子里的男孩，真不知道什么时候自己的头发才会像正常人一样。

妈妈和小尹说过，自然卷是天生的，说明小尹是个很不同的男孩，会很优秀的。而爸爸说，男孩子是不应该有自然卷的，应该剪掉。

下雨天其实是小尹很喜欢的天气，清清凉凉的，院子里的小雏菊会开出星星的小黄点，有很多蜗牛会在藤蔓上慢慢地扭动。小尹喜欢自己一个人趴在窗台上看这些小东西。有时发呆，有时也看看路过的汽车车前都有什么样的标志，猫咪哈了一下嘴巴，太安静了，自己就会悄悄睡着。阿桃却讨厌死了下雨天，妈妈给自己新买的花裙子不敢穿，刚洗的袜子挂在阳台上老是不干，自己的辫子也没有梳成和平日一样的小羊角。阿桃在雨天不高兴的时候都会在窗子上放一只晴天娃娃，因为自己不够高，所以挂不到屋檐上。

小尹觉得好玩常常把阿桃的娃娃藏起来，阿桃找不到就哭。小尹这时笑着对妹妹说："如果以后不笑话我的头发的话，我就有办法找到你的娃娃了。"阿桃眼睛圆溜溜地盯着小尹，很听话地点头。小尹说："光点头还不够，你要保证。"阿桃问："怎么保证？"小尹抬起一只手放在额头边比画着，像这样，然后说："我再也不讲哥哥的头发了。"阿桃也学着这种电视上经常用到的发誓的手势，重复了一下小尹刚才说的话。小尹叫阿桃蒙上眼睛，这样娃娃才会跑出来。阿桃没照做，她透过手指间的缝隙看见是哥哥把自己的娃娃拿出来的。她叫了起来，跑到妈妈那儿告状了。很快，厨房里传来妈妈的声音："小尹，这么大了，要懂事，别老欺负妹妹。"小尹想怎么是欺负了，只是不想让阿桃笑话自己而已。

小尹抓着自己的头发，卷毛越来越长，真是苦恼。他拿来妈妈平常用的离子机小心地把头发压直，弄了好一会儿，照了一下镜子，小尹笑了，感觉自己又变成正常人了。可是，老是这样小尹心里总不舒服。因为去上学的时候总不能带着离子机去吧，老师会没收的。小尹还记得每次雨天到学校同学们总是笑出声来，说自己是个怪胎。初二了，小尹不想让人这样说。

一天，小尹走在路上，天空闪了几道闪电，然后雷声轰隆隆地响起，听起来像广场上氢气球爆炸的声音。小尹心里嘀咕着，回家的路还没走到一半，自己究竟要不要跑呢，真害怕跑回去的时候阿桃又笑自己，然后听到爸爸说要把自己的头发剪光。小尹是很喜欢自己的头发的，感觉他们是身体的一部分，要好好爱惜。但是又讨厌极了变成卷发后的它们，小尹总觉得自己的心里有两个

鬼在打架。

豆粒大的雨水很快就落了下来，整个街道、商店、行人越来越模糊，一些流浪狗蜷缩在店铺外的大伞下，小声地叫着。小尹用书包挡在脑袋上跑进一个废旧的墙壁后面，他整了整衣服，然后甩甩头发，小水滴嗒嗒下落到脚下的青苔上，泛起湿湿的绿光。

他突然看到藓草边还站着一个人，穿着校服，细细瘦瘦的，像根竹签，戴着眼镜。小尹一下子呆住了，他看到那个男生的头发竟然和自己一样，是自然卷耶。男生的脸上也露出小尹那样傻傻的表情，像一个人对着镜子看着自己。两个人都笑了。小尹说："我叫小尹，很高兴认识你，你叫什么呢？"男孩露出两颗小虎牙，说："我叫阿然，我们的校服都一样，应该是一所学校的吧，我在初二（2）班。"小尹说："我在初二（1）班，只隔了一道墙，为什么都没见过

你呢？”其实小尹心里是在想，和自己一样特殊的人怎么之前都没听说呢。男孩回答：“我是后来转进来的。”小尹坏坏地笑着，嘻嘻，这下总算有个人下雨天时会和自己一样了，自己再也不是特殊的一个人了。

小尹只叫阿然竹签，说他太像竹签了。阿然没有反对，只是笑着。和小尹不一样的是，竹签的头发从来没有拉直过，他每次都问小尹：“为什么没下雨的时候你的头发总是直的呢？”小尹靠着竹签的耳朵小声地说：“是用了妈妈的离子机压的。”竹签说：“可是老是这样头发会坏掉的。”小尹眨巴眨巴地看着竹签：“那你习惯自己的头发一直被别人嘲笑吗？”竹签点点头：“嗯，习惯了。”

其实竹签习惯的事情可比小尹多多了。他习惯了在晚上爸爸妈妈不在的时候，自己一个人睡；习惯了早上起来不用爸爸妈妈叫；习惯了一个人到市场买完菜回来自己做，虽然做的只是些像青瓜豆腐、番茄炒蛋这样的简单菜，而这足够让小尹感到惊讶。但是竹签从来没告诉小尹这些。他只对小尹说自己的爸爸妈妈每天都在工地上上班，没有时间照顾自己。小尹拍拍竹签的肩膀，说：“哇，原来你爸爸妈妈这么厉害的，城市的高楼大厦都是他们建起来的。”竹签听了却怎么也高兴不起来。小尹又拍了一下他：“那你有时间就到我家玩吧，我还有一个很坏的妹妹呢，叫阿桃。”

阿桃很喜欢竹签，她觉得竹签的两颗虎牙真好玩，又白又大。每次竹签来的时候，妈妈总是做了很多菜，有糖醋鱼、煎蛋卷、蒸粉肠和一些水果蜜饯，竹签说他很喜欢吃。阿桃问：“阿然哥哥，你妈妈不做菜吗？”竹签突然说不上话来，妈妈在一旁对妹妹做了一下手势。竹签说：“我爸爸和妈妈基本上白天都不在家，要到夜里一两点回来，很快便又走了。”小尹连忙夹了些鱼肉到竹签的盘子里，说：“这些都是我妈妈的拿手菜，很不错的。”

妈妈看着小尹，转头对阿桃说着：“看，你哥哥现在比阿桃懂事多了。”阿桃摸着圆圆的小脑瓜子，不知道为什么妈妈要这么说。小尹笑了笑。阿桃突然又说话了：“阿然哥哥你如果想每天都吃到这些菜，就要天天来哦。我很喜欢你的。”竹签愣愣地看着眼前还没满七岁的小妹妹，脸红了一片。阿桃继续说着：“我很喜欢你吃饭时露出的两颗小虎牙，改天能摘下来送给我吗？”说完，全家人一下子笑得合不拢嘴。

雨天不上学的时候，小尹发现竹签也喜欢靠在窗台边，听雨水从屋檐上滴落的声音，听雨打芭蕉的噼啪声，听小湖唰唰的涨水声，听门上的铜环生锈的吱吱声。

小尹问：“竹签，你为什么也喜欢雨天呢？”竹签回答着：“因为下雨的时候工地停工，爸爸妈妈就会待在家里陪我了。我以前经常会爬到爸爸的背上，让他带我满屋子转着。妈妈那时也常教我唱一些老家的歌谣。”“老家？在哪儿呢？”小尹问了一句。竹签说：“是南方海边的一个小村子。”

这下小尹睁大了眼睛：“能看见海？”他很激动地看着竹签。“对，有很蓝很蓝的海，很大很大的太阳，还有渔船、灯塔、沙子、螃蟹和白色的贝壳。”竹签高兴地说着，不时又露出可爱的小虎牙。小尹的眼睛闪亮闪亮的：“那大海的味道是什么样的呢？是真的和盐水一样吗？”竹签拉过小尹，让他凑着自己的手臂闻了闻：“就是这种味道。”小尹闻到竹签的身上有淡淡的咸湿味，是不同于汗气的味道，带着浪花的香味。

“可是，自从爸爸妈妈带我来到北方之后，都看不见海了，真想有天回去再看看。”竹签沉默了一下，又笑着抬了抬那副架在鼻梁上边框快脱漆的眼镜说，“对了小尹，我来给你唱唱我们那边的歌吧。”小尹开心地点着头。竹签扯了扯嗓子，又停了下来看着小尹，“不过我唱得没有我妈妈好听。”

是南方海边的渔歌，用方言唱的，竹签一遍一遍很认真地唱着。但是一旁的小尹还是听不出什么，只是觉得竹签的声音很好听，这些在电视上都听不到。

小尹发现和竹签在一起的时候自己都很快乐，可以在头发淋湿后不用害怕被人看到，可以不用妈妈的离子机，可以嬉笑着和竹签互抓彼此的卷发，比比究竟谁的头发更长一些。可以讨论起可恶的语文老师又布置了多少篇难背的课文，可以在背后笑那个当学习委员的女生最近满脸疯长的像草莓一样的痘痘，可以商量着什么时候两个人一起到公园里抓天牛、蛐蛐和七星瓢虫，可以那么快乐得忘记很多烦恼。

小尹对竹签说：“有你在身边真好，感觉自己像个正常人。”竹签敲着小尹的头：“不要老是觉得自然卷有什么不好，我们都是正常人的，一直都是。”“那你会一直在我身边吗？我们是要做最好的朋友的，对吧？”小尹凝神地盯着竹签说着。

竹签刚想开口说些什么，突然间又沉默了下去，过了很久才看着小尹，说：“我也不知道会不会一直在小尹身边，因为爸爸妈妈的工作总是不稳定。当城市的楼房盖得差不多的时候，小尹，我应该就要走了。”小尹摸了摸竹签的卷

发，然后又挠了挠自己的自然卷，一时也不知道该说些什么。窗外的雨水这时倒是小了很多，风里翻飞着某种树木的叶子，像一只只准备离开的蝴蝶。

城市的雨天似乎变得漫长起来，潮湿的气息覆盖在每个角落。积木般的高楼越建越多，每两三天就会有一座新的大厦封顶。这让小尹充满了担心，他看看天空，似乎永远都是一种暗淡的灰色。

小尹没想到雨水又一次降落在自己头上的时候，竹签已经离开了这座城市。是不告而别的。小尹一下子很恨竹签，为什么走的时候也不和自己打声招呼呢？亏得以前还说要当永远的好朋友呢。想到这些，男孩的鼻子酸溜溜的。

那天，小尹坐在教室里看到窗户边走过几个人，里面就有竹签的身影。他跟在一个皮肤黝黑神情恍惚的女人的身后，脸上好像十分悲伤，小卷毛耷拉着下垂。竹签也往小尹的教室看了看，但还没有找到小尹的人头时就把视线转了回去，很快就和他妈妈消失在了小尹的视线里。是出什么事了吗？因为还在上课，小尹并没有走出教室去问竹签，只是在心里嘀咕着。

一个星期以后，小尹一直都没有看到竹签。他感到很奇怪，走在路上看了看竹签以前用手指的他爸爸妈妈工作的那个工地，发现大楼还没盖好，心想着竹签应该没有离开这里。因为小尹记得竹签说过，当城市的楼房盖得差不多的时候他才可能离开。

小尹想去找竹签，这时他才想起来，竹签从没告诉过自己他住在哪里。小尹心里很着急，就想回学校问问竹签的班主任。城市的天空此时又被乌云包围，乌云之上是硕大的雨粒，风抖一抖，天空就会落下倾盆大雨。小尹很努力地往学校跑着，突然心里像缺了什么，很伤心。

到达老师办公楼的时候，小尹知道自己的头发又卷起来了，玻璃模糊地映出他的样子，像一头小狮子。竹签的班主任是位年轻的女老师，正在批改作业。她抬头看了看小尹，扑哧一声笑了。

小尹说：“老师好，我是（1）班的唐小尹，是阿然的朋友。”女老师用手指了一下旁边的位置，示意小尹坐下。小尹腼腆地摇了摇头，说：“老师，我想知道阿然住在哪里，您有他家的地址吗？”女老师抿了一下嘴，然后看着小尹，说：“阿然已经和他妈妈离开这里了。”

小尹怔住了，他想着以前竹签说过的话，一瞬间心里凉凉的，他不知道竹签为什么要骗他，不是说好城市的大楼盖得差不多的时候走吗，为什么要这样？

女老师拿过案台边的水杯，喝了一口，继续对小尹说：“是这样的，阿然的爸爸在工地上出了意外，摔断了一只胳膊。住院住了几天后，他觉得城市的住院费和医药费太贵，就想回老家治疗。所以就让阿然的妈妈来学校把阿然带走了。”女老师说完呵了口气，又拿起水杯优雅地喝起水来。

小尹在回家的路上呆呆地走着，没有顾及头上发卷的头发。雨水把路旁的树木滴得像抹了油一样鲜绿。一些人撑伞走过，不时也会停下来看看小尹。小尹感觉自己就像丢了一件最好的玩具，雨水打在他小小的手心上，很凉。他突然想起以前竹签在雨天唱的那首歌谣，歌词记不清楚了，但曲子还记得。小尹哼了几句，脸上悲伤的情绪再也撑不住了。双眼很快变得模糊起来，小尹觉得一定是雨下得更大了。

冷空气定居在城市上空以后，雨水渐渐少了，只是风中叶子飘落的声音听上去倒像是下雨。小尹马上要上初三了，开学前，他把自己的头发全剪了。这当然并不是爸爸要他剪光的，而是小尹自愿的。他想起竹签说过，自然卷并没有什么不好，是很正常的。所以小尹就决定要把自己之前用离子机压过的头发全都剪掉，让新的卷发重新长出来，自己要留一头纯粹的自然卷，再也不要妈妈的离子机了，即使到了下雨天也不要。

很快，小尹的头发又长出来了，翘翘的，卷卷的。小尹站在镜子前摸着它们，第一次觉得原来自然卷这么可爱。他笑了一下，突然又轻轻对着镜子里的男孩鼻子抽搐着，说：“你什么时候还会出现呢？什么时候还会来呢？”

窗外下起了这个冬天的小雨，阿桃把妈妈新买给她的晴天娃娃又摆在了窗前。

暖冬

文♦旻皓

第二十届全国新概念作文大赛二等奖获得者

那年冬天只因缺少了几场大雪，所以让人难以记住。时光、季节、日月、家门前的柳树或是一件鲜艳的新衣服，诸如此类，也仅仅是记忆的一种辅助。人总是记不住很多往事，却能轻而易举地记得许多浮华和虚伪。时常假装面带失望拆穿他人的谎言，也时常费尽心思竭尽全力遮掩自己的错误。

那个冬天比以往的冬季都要热。我穿得不多，也感觉不到什么压迫与抑郁。但我总感觉这个冬天少了些什么。不是厚重的棉袄，也不是一副毛织手套，而是一个人，或是一群人。其实我不该遇见任何一个陌生人，生活虽然乏味但至少还能安稳，我也知道自己将要抵达的地方。但我却遇见了很多未曾谋面的人，在这个并不寒冷的冬季，我吐露一句真言，就像吐露一团薄雾一样，朦胧而苍白。在那个未经世事的年纪，我还没有什么值得提及的过去，不像现在满是悲怆的回忆。我表现得十分坦然，无可藏匿。我太过相信他人，也太过妥协，过于沉浸在对自己和他人心存的幻念中。有时我常常幻想有一个人会出现在我的世界里，可以在我原本空旷无垠的世界里建造一座堡垒。后来那个人真的出现了，并且不止一人，他们的出现没有任何的预兆和暗示，这多少让我有些惶恐和不知所措。他们在我心里建筑起一座又一座友谊或爱情的堡垒，但很快又弃城而逃。我好像在经历了一段轰轰烈烈的岁月后，再次孤身一人置身于荒野，心中的危城犹如一块块破裂的伤疤，再也无法愈合。

那年夏琤对我说，我们永远都是最好的朋友。我很坚定地说没错，我相信。并且时至今日我还依然相信着。那段高三的岁月，对于所有面临高考的学生都是晦涩且终日无望的。可我和夏琤却是特例。我们每天仍然过得很悠闲。我们在上课的时候睡觉，如果睡不着就看着墙上的时钟计算着下课铃声会在什么时候响起，有时也会在书本上乱涂乱画，写一些连我们自己都看不懂的文字。中午十二点放学准时冲入食堂占座位，吃完饭就坐在食堂里看电视，困了就回宿舍睡觉。我们喜欢交换各自私藏的书本，都是我们用省下来的钱去附近书店里买的。夏琤喜欢看文学杂志，而我喜欢看各种长篇小说。不看书的时候，我们便趴在课桌上睡觉，用书本堆成一堵墙用以躲避老师的目光。如果真被老师发现，我们便胡乱搪塞过去，无非是被老师臭骂一顿。

当时的心态如今已经无法想象了。人的记忆总是有限的，因此总要记住一些更为重要的事。有时回忆是不由自身控制的，我们常常想急切地忘掉一件事，却始终忘不掉甩不开，像一个深深的烙印，长年印刻在内心深处；而那些不愿忘记的事，却在命运的跌宕起伏中销声匿迹，好像从未在自己身上发生过一样。

那个秋季结束得太快，以至于我和夏琤并没有准备好迎接即将到来的冬天。大雪悄无声息地降临，夏琤坐在我的上铺提议把两个人的被子合二为一，两人睡在一起，这样会暖和点。我同意了。宿舍的床很窄，我们都侧着身子背对彼此，我睡在窗户边，寒风很灵敏地从罅隙里钻了进来，冷飕飕的。被子很小，而夏琤又高又壮，但他只是拉住了被子的一角，给我腾出来了很多空间。

第二天清晨，我起床时发觉身体有些发热，想叫夏琤起床，却怎么也叫不醒。不一会儿他迷迷糊糊地说，自己很不舒服，可能是起不来了。我立马向老师请了假，等他起床后我陪同他去了附近的诊所。那些天夏琤病得很严重，连续打了好几天点滴，我常常抽空去看望他，有时给他带午餐，有时也会给他送暖手宝，买他喜欢吃的零食。夏琤的病持续了整整一周，一周后，他总算重新回到了教室里。只是从那以后，我发现他彻底变成了另外一副模样。

那天我进教室门，看到夏琤坐在教室前排的座位上，正在很认真地看书。他发觉我进来，便用冷漠且鄙夷的目光斜视了一下我，又很快收起了视线。他调换了位置，剪去了长发，重新拿起了教科书。我知道他是在刻意躲着我，所

以我什么也没有问。

没过多久，我发现了自己课桌抽屉里的信。信上歪歪扭扭地写了几行字，一看就是夏琤的笔迹。信的大致意思是他已然醒悟了，不会再像我一样游手好闲了，并且还数落了我一番，骂我不思进取，强烈警告我以后不要再影响他学习，等等。

一个周末，下午没课，我吃过午饭早早地回了寝室，夏琤却一直都没有回来。我不断在心里说以后不要再去打扰夏琤，但又忍不住担心。下午去了一趟教室才发现夏琤依偎在教室的一个角落里，怀里紧抱着一个空酒瓶，醉醺醺的不省人事。教室里仅有的两名同学想把他抬起来送出去，费了半天劲也没能挪动他。我连忙上前帮忙。其中一位同学说他一进教室就连灌了三四瓶白酒，当时就走不动道了。我们把他抬到门口，那两名同学就回教室里去了。不会有人愿意牺牲学习时间来照顾他的，当然除了我，学习对我来说，并不是什么重要的事情。我背着他到校外打车，把他送往了附近的医院。当天夜里，我留在医院里陪他。给他换了几次敷额头的毛巾，时刻注意点滴瓶里是否还有药水，并且用瓶盖给他一口一口地喂水。当晚我只睡了一小会儿。次日清晨，夏琤睁开眼，首先看到的就是我。他有些诧异，又有点抵触，我们什么也没说。我没和他提起信的事，他也没有问我为什么会出现在医院。

夏琤恢复以后，我们好像保持着彼此的默契，又回到了形同陌路的境地。他不再理我，我也不和他说话，我们维持着陌生人的关系直到高考那天。高考结束后，我一直都没见到过夏琤。后来才听一个同学说他考完试当天就回老家了。过了不久高考成绩下来了，领取成绩单时，我再次见到了夏琤。他一脸的憔悴，看上去似乎老了几岁。我们依旧没有说话，只是在教室里相互对视了一眼，便很快收起了各自的眼神。他看成绩单时的表情非常僵硬，随之又有些茫然失措。这不是正常的反应，我猜他一定考得很不好。我不知道他回家后会不会灰心自责失声痛哭，但我知道，这个漫长的夏天对他来说将是一次最痛苦的

煎熬和惩罚。

此后的日子里我一直都没再见到他。我以为并且确信自己再也不会见到夏琤了。因为我们的生活自从他醉酒出院那天起，就完全没有了任何交集。冗长的岁月将夏琤留在我回忆里的堡垒夷为平地，像被核弹猛烈轰炸过一般，那里早已变得荒凉且寸草不生。唯一仅存的也只有一些记忆分裂后的尸骨残骸。我有时会想夏琤如今在做些什么，他回了老家，无非是到他父亲的工厂里上班，或者在他母亲任职的学校里当保安或清洁人员，除此他别无去处。不过后来我就不会再想到他了，忙碌的工作和学习填满了我的生活。时间过了很久，就在我快要忘记他的时候，我们却偶然在公交车上遇见了。

那是一个深冬，我走上公交车时，忽然发觉前面有一个熟悉的身影。仔细一瞧，果然是夏琤，刚好他也瞅到了我。那一瞬间我有立马转身下车的冲动，我想他也会有。不过车门很不凑巧地迅速关上了。时间无法逆流，我知道接下来的一切我都需要坦然面对。

我走进车厢内，夏琤首先对我淡淡地说，好久不见。

我也微笑着说，是啊，很久没见了。这一刻，我们各自的心境已然变成了另外一番景象。他成熟了不少，当然我也成熟了许多，成熟代表了释然与遗忘，也意味着不再那么年少轻狂。虽然我们还是无法走进对方的世界里去，但我知道，我们基本上都谅解了对方。我没有问他为什么又回到了这座城市，也不再提及高中时的往事，只是聊了聊最近的生活，他找到了一份更为满意的工作，我也在大学毕业后留在一所企业实习。总之我们过得都算顺风顺水。下车后，我突然感觉这个冬季晴朗了许多，我看着自己被日光拖长的影子，感受着阵阵冷风，觉得内心深处某一块满目疮痍的土地上，又重新长出了一片茂盛的森林。岁月总会带走一些东西，也会留下一些东西；同样的，它也可以摧毁一些事物，并且愈合另一些事物。

那天下午，我站在窗户旁边看外面的风景，一缕缕被风吹散的烟，麻雀飞远后又很快飞了回来，几只断线的气球从城市的罅隙中钻入更高远的天空，我看到了其中那只普通而又特别的气球，散发着红光与温暖，像一团火焰，一个太阳，或是每一个想要逃脱的心。所有看到气球的人都会被一些说不清道不明的东西抓住。夏琤应该也在城市的另一端看到了，那只火热的、心碎的气球。

我逐渐喜欢上了这样的午后，喜欢这样温柔且没有寒意的冬季。似乎，我已经不排斥与一些陌生人相遇、结识，诉说彼此，交流感悟，亲昵、承诺，发生摩擦，产生过节，逐渐疏远，再重新沦为彼此的陌生人。这个漫长的过程，和以往的很多梦境都十分相似，让人潸然落泪，但泪流之后，又感觉这一切并不那么真实。可能这就是我恋上冬季和梦境的原因。

微妙

文♦王若兰

第十八届全国新概念作文大赛获奖者

01

立秋那天与丈夫大吵一架摔门而去，五年的婚姻生活磨掉了我青春的所有激情。

我在想，是不是该就此离婚，相互解脱。

下午接待了一名心理疾病患者，一位闪耀到让我不能忽略的女人。

“你好刘医生，我叫若希恩。”

02

求之，不得。

这是人间常态。

若希恩捧着星巴克的咖啡杯轻轻摇晃，脸庞修饰着精致的妆容，蓝色钻石垂在轻轻起伏的胸口。

“他是一场灾难，让我惊心动魄，求生不得。”

我点点头，摊开工作记录本，捏着圆珠笔的右手沁出汗水。面前美好得过分的女人是我成为一名心理咨询师以来遇到的最大的客户。

“我逛商场的时候，他的电动车与我车子剐蹭了，留下了一张写着原因与联系方式的纸条。”

刚说起，若希恩便抿着唇笑起来，仿佛想到了美好的事情。涂着DiorRose款口红的嘴唇上扬出优雅的弧度，一个微笑都如此完美。

“许子洛，那人的名字。真好听，简直让我一见倾心。那个电话一直保存在我手机联系人里，我还不曾拨过。”

我将笔记本翻过一页，“一直没有联系过那位许先生吗？”

“我发过短信的，”若希恩眼神闪起亮光，“我说赔偿就不必了，有空一起吃顿饭吧，还发了生活照片给他，可他却回绝了我！”

玻璃质地的咖啡杯被重放在大理石桌面上，制造出让我不愉快的声音，对面的病人情绪有些激动，“我是第一次被男人拒绝！”

无视四周投过来的目光，我不置可否地挑挑眉头：“所以你因此抑郁而来找我谈心？”

“不，因为他的例外，我在爱上他名字之后爱上他的内在。”

若希恩笑着，露出一排整齐白净的皓齿，小声地说：“我通过通讯录找到他的微信，每天都发自拍照给他，可他几天后却把我拉黑了。”

我胸腔一收，差点笑出声来。

“我有身材，有模样，有钱，他却躲着我，刘医生你说，是不是我不够完美？”

“没有，”我摇头否认，“若小姐从姓名到地位都一流，完美得连一个指甲盖都闪光。”

对面的人满意地点点头，喝一口咖啡，继续讲道：“我翻了他所有的动态，有一条提到了一个叫‘刘小刘’的女人，天下怎么会有这么怪的名字，真是太恶心了，应该就是这个刘小刘抢走了我的许子洛。”

“对对对，刘小刘这个人真坏。”我出口安抚着病人的情绪，“那你与这位许子洛后来呢？”

若希恩把脸贴在玻璃窗上，“我好爱他。爱他的名字，爱他动态里那些独特的见解，爱他录音里低沉沙哑的声音。他是一个成熟隐忍的男子，懂得拒绝诱惑，我有内心被轰击到的感觉……”

我彻底放弃记录的念头，合上笔帽，对着眼前已沉沦在自己爱情泡泡里的人问道：“有没有想过找到他，见他一面？”

“不，你不懂，这是一段神圣的感情，无关他的容貌年龄身份地位。”

“这只是贪恋一份感觉，可能是寂寞了太久，在对情感的极度渴望下，就会很轻易地被一个异性俘获芳心。试着多交几个朋友看看，而且我这里有个更适合开导你的人。”我说着，顺手递上同事的名片。

若希恩茫然地接过去，看过后对我点点头：“也好，我联系这个人看看，那今天下午麻烦您了。”

“没事。”我拎着包快步走出咖啡厅，感觉神清气爽。

03

一路走回家里，刚拉开防盗门便跌进一个怀抱。

“亲爱的，今天辛苦了，我做了你爱吃的白灼虾。”

我抬手揉着爱人蓬松的头发，空气中多了淡淡薄荷的香气。

“许子洛，我爱你。”

“刘小刘，我也是。”

视界之外

01

文♦施音

第十九届全国新概念作文大赛一等奖获得者

海浪拍击沙滩，一群小鸟落在礁石上，又一阵海浪席卷而来，它们惊得扑翅飞开。

晚风和煦，星光升起，沙滩与海交接的边缘，一个男人和一个女人坐在那里，此情此景不失为浪漫，虽然普通，在这个时代倒也别具一格。

“薇，这个假期，我们也去星空玩一次吧。”男人抚摸着她的头发，她有个好听的名字，洛薇。

洛薇的脚趾拨弄细沙，抬头看了一眼夜幕，她笑着说，“咱们落伍了这么久，是要去看看美丽的星空了。”

男人搂紧洛薇：“你的眼睛，比星空更美丽。”

洛薇“扑哧”一笑就要推开他，他手腕上的通讯仪“嘀”的一声亮了。

“老罗，”通讯仪上显示出一个男人，一脸胡子，不修边幅，“虽然知道你们小两口只喜欢游山玩水，但这次因为课题研究我弄到了三张‘视界之旅’的船票，去看看吗？”

画面消失，留影结束。

“你看，老何与咱们想到一块儿了。”他笑着打开录影，用通讯仪对着自己和洛薇，说，“乐意之至。”

就在他按下发送的一瞬间，眼前的空气忽然振荡，从空中掉出了一个男人。

那人落入水中，一身湿透，当那人抬起头的时候，洛薇与他都难以置信。

那人竟与他长得一模一样。

那人看着他俩，激动地说，“罗阳，你绝不能去‘视界之旅’，一切的源头都在这儿，你会……”

他，是罗阳，罗阳听了那人的前半句，正有不解，要问的时候，那人的嘴唇还在焦急地说着，声音却听不见了。

那人的身体渐渐消失。

“阳，是谁的恶作剧吗？”洛薇皱了皱眉头。

“管他呢。”罗阳拉起她，朝远方一望，“先去找老何。”

02

何旭是星空时代最年轻有为的物理学家，他致力于研究黑洞——这个仍处于人类视界之外的东西，以期开启新纪元。

不久前，他在理论穷尽与模型演绎的结合之下终于获得了一个结论，一个令他无比兴奋的结论——如果被证实，他将名垂千古。

可是迫于结论的惊世骇俗，他又自嘲那只是理想中的成立罢了。他有些烦闷，想去那日夜研究的黑洞附近看看，调节一下心情，于是以课题研究为由向上面申请了“视界之旅”——上面倒也慷慨，剩下的三个名额全给他了，说让他多带几个朋友一起去玩玩，别光顾着研究。

何旭没有其他的朋友，自然就想到了罗阳和洛薇。

何旭一言不发听完了罗阳陈述的——从空中忽然掉出的“罗阳”所说的话以及他之后的消失。何旭皱起眉头，这除非是有人用投影搞的恶作剧，否则按已知定律，根本无解。他猛地一扯胡子——已知定律，未知定律？

“我有一个猜想，如果它成立，那么你遇见的那人就可以解释了。”

“什么猜想？”

“时空穿梭。”何旭轻轻吐出一口气。

罗阳笑了，洛薇坐在旁边，她也笑了。他们知道何旭在物理方面研究独到，但时空穿梭？即使在这个星空时代也未免太匪夷所思。

何旭苦笑，他看出他们并不相信“时空穿梭”，其实他自己亦不坚定：“你们知道薛定谔吗？”

“那个物理学家？”

“不错，他曾经提出了一个至今尚未解答的理想实验。”何旭面色沉着，“实验情况是这样：往一个盒子里放一只猫，以及少量放射性物质。放射性物质有50%的概率将会衰变，并释放出毒气杀死这只猫，同时有50%的概率放射性物质不会衰变而猫将活下来。”

“根据经典物理学，在盒子里，必有一种结果发生，而外部观测者只有打开盒子才能知道里面的结果。在量子的世界里，当盒子处于关闭状态，整个系统则一直保持不确定性的波态，即猫生死叠加。猫到底是死是活必须在盒子打开后，外部观测者观测时，物质以粒子形式表现后才能确定。”

“我们无法确知猫的生死，因为我们在盒子之外。我们也无法确知有没有时空穿梭，因为人类在视界之内，相对于视界之外我们一无所知。”

“所以——那个人可能是以不确定性的波的形式穿梭到了现在——他可能真的就是未来时空的——罗阳。”

何旭的语气愈加凝重：“可能，这一趟‘视界之旅’真的就有危险。”

洛薇与罗阳的笑容收敛，他们意识到这或许确实是危险的征兆。

“‘视界之旅’的目的地是黑洞？”

“对，就在前不久我们发现了一个距离地球最近，仅在二点七乘以十的十三次方米之外的黑洞。目的地是它的视界边缘，你知道的，我们把黑洞与已知宇宙的交接之处称为视界。”

“飞船接近黑洞的危险系数是多少？”

“几乎为零。进行这次旅行的是最新研制的‘诺亚号’飞船，当遇到极大引力而造成扭曲的时空泡时，它的最大速度可超越光速，与我们探测到的黑洞逃逸速度持平。”何旭笑道，“想要飞船出事，除非宇宙炸了。”

“老罗，你们还去吗？”

罗阳听完何旭的话，坦然一笑正要回答，洛薇挽起他的手，看着他。

“真有不好的事情，我们也要去改变它。”

03

话音刚落，门被踹开了。

罗阳？不，是他，他手上还拿着一把光能刀，他面色冷峻地冲过来，一刀劈向罗阳。

罗阳拉着洛薇侧身躲开，刀落下，雪白的墙壁被划出一条深沟。一击未中，他举起光能刀，就要掷向罗阳。

他忽然跌倒在地上，回头看见何旭收起的麻醉枪，他笑了笑。

罗阳扑过去夺了刀，扶住他的肩膀：“你是谁？”

他的笑容变得深邃，他知道罗阳在问的时候便已经知道了答案。

何旭沉默着，洛薇注视他的眼睛：“‘视界之旅’的危险是什么？”

他同样看着洛薇，他的眼眸灌满了哀伤，目光之中融合了爱与痛楚。

“薇……我一定会救……”他的声音平缓而后微不可闻，他周身的光线一阵扭曲，然后消失了。

洛薇看着他消失的地方，罗阳的手还按在空中——他肩膀方才的位置，她拉住罗阳的手：“阳。”

“薇。”罗阳抱住她。

“真不明白未来发生了什么，未来之你的穿梭显然是为了改变，可他为什么又要攻击你，为什么不把危险直接说出来——对了，或许是悖论，难怪……”何旭皱着眉头，若有所思。

“何先生，您的‘视界之旅’即将启航，请及时前往星空广场。”

何旭的通讯仪忽然开启，是旅行提示：“祝您旅途愉快！”

何旭掏出两张银白色磁卡，看了看洛薇和罗阳，没有递过去。

04

“诺亚号”的体型十分庞大，大概有四层楼高，长约五十米，流线型结构，像一只海豚——在星空之海中游荡的豚。

“视界之旅”准确地说应只是视界之内的旅行，一到视界边缘就会返回，所能欣赏的，就是沿途的星空景观罢了。

“诺亚号”的各个私人客舱都有一个窗口可以打开，窗外即星空，让乘客得以体验零距离的观感。

洛薇坐在窗前，拿出磁卡，银白色光泽一闪，窗口已经打开。她望着不知多少光年外的一颗颗恒星相继爆炸，那不知多少年前的火光印入她的瞳孔，她觉得美丽至极。她想起曾在史书上读到的三百年前的烟花，是不是也会这样绚丽呢？

洛薇有些出神，她蓦地笑了，因为她想起，史书上还说，那时候常常有情侣一起去放烟花，也有男生为了让女生感到浪漫，在烟花绚烂于夜空的时候深情表白——这真是老掉牙的浪漫，洛薇心想。虽然历史不再，但此刻也算美景，耳边仿佛荡漾起罗阳曾对她说的情话，那语调轻柔，她感觉脸颊已微微发热。

“薇。”

她恍若听见有人轻呼她的名字，回头，是罗阳。

罗阳之前去找何旭有事，她就在这里等他，才看了一会儿星空，他便不知不觉回来了。

洛薇浅浅一笑，发热的脸颊愈加红润，她走过去抱住罗阳，仿佛这一切即将乌有，像窗外星光一样皆要消逝，而今触摸的只是余晖。她感到一阵心慌，把头轻靠在罗阳肩膀上。

“我爱你。”罗阳呢喃了一句，疲惫与永恒。

洛薇吻上罗阳，时光仿佛凝滞，倘若时光真的就此凝滞，那唯有宇宙的恩赐。

然宇宙沧桑，它冷眼旁观。

银光闪烁，客舱的门缓缓上升，洛薇离开罗阳的唇向那边看去，她看见了何旭，和又一个罗阳。

05

“各个私人客舱我们都拜访过了，没有可疑的。”何旭并不意外，眼里却透着忧虑。

罗阳摸了摸鼻子：“白走一趟，还打搅了几次别人的好事。”

何旭促狭一笑：“谁知道他们在星空旅途中还有这兴致。”

罗阳闻言，想起了洛薇，顿生一股火热，旋即又化成质朴而恬淡隽永的爱意。

才一会儿不见，他此刻已经很想她了。

“诺亚号”真大，他们绕了一圈之后终于回到客舱。罗阳拿出与洛薇相互关联的磁卡，刷过感应器，一道银光闪现，舱门缓缓升起。

他怔在了原地。

06

洛薇望着面前与门口处的两个罗阳，愣了一下，旋即明白过来。

她踉跄一步脱离了“罗阳”的怀抱。“罗阳”看着她，有不舍有哀伤，最后还是无声苦笑。

“罗阳。”他走到舱门，向罗阳伸手，“在我穿梭之前，见到过三个未来的自己，所以你可以称我第四世。”

罗阳与他对视，没有感受到上一次的杀意，面色平静地伸手与第四世握了一下：“危机是什么？”

“等他出现，你就知道了，我现在不能说。”第四世目光暗淡，“我这次来就是为了解决他，你现在先去保护洛薇。”

罗阳点头，他向何旭示意了一下之后，就朝洛薇走去。

气氛压抑，异变陡生。

07

一道光，炙热的光，从虚空射出来，它的方向，不是罗阳，不是洛薇。

是——何旭。

何旭的肩膀被洞穿，鲜血染红了右肩，他用左手捂住，退到了墙角。

在众人反应过来的同时，空间扭曲，一个人影拿着枪显现出来。

又是“罗阳”。

何旭不顾伤势，掏出一把枪，同一时间，第四世向“罗阳”冲过去，电光石火，保持静止的只有洛薇和罗阳。

罗阳拉着洛薇站在一边，对于之前猜测的“危机”，他本来计划呼叫防卫队援助，但此刻所见，危机即自己，那就只有自己解决。

罗阳没有动，可他看得最清楚——何旭的枪刚掏出来就被一道激光打掉。第四世冲过去了，并且取出一柄短刀向“罗阳”刺去，“罗阳”打掉何旭的枪之后已然反应过来，侧身一避，刀刃与脸颊擦过。

然后是一道光束，穿透了第四世的胸膛。

第四世干哑地笑了，望过所有人，目中露出恍然，他的笑声渐渐变弱，身体也渐渐化作光粒，而后溃散成波纹，消失在这时空里。

“罗阳”走到何旭面前，用枪指着他：“罗阳，如果你不想你的好朋友被我弄死，你就自杀吧——哦，对了，你知道我为什么要你死吗？因为——你害死了洛薇！”

“罗阳”的脸庞愤怒得狰狞：“只有你死了，一切才会正常。”

洛薇一脸平静地走出来，对“罗阳”一字字道：“你不觉得太自私了吗，你杀了自己，要我怎么活，老何会有多难过。”

“罗阳”一怔，旋即恢复了疯狂模样：“我不管！你是为了我而自杀的，是他害了你——是我害了你，我一定不能让你死。”

他的枪口贴近了何旭的脑袋，然后看着罗阳，他虽然疯狂，却料定罗阳一定会接受这个威胁：“去吧，捡起那把枪杀了自己，只要你死了，我就放了何旭，洛薇也会好好活着。”

何旭没有说话，他注视“罗阳”。

“我也不能让他伤害老何——或许他说得对，我死了最好。”罗阳明白了始终，他端详洛薇的脸庞，捏了捏她的手心，然后放开，自嘲一笑，就要去捡何旭之前被击落的枪。

08

枪已经被人捡起，但不在罗阳手上，罗阳看向洛薇，她先他一步拿起了枪，眸中溢满泪光。

她拿了枪，她要干什么？

“罗阳”惶恐地目睹了这一切的发生，他甚至忘了去阻止她拿枪，他的理智正在一点点消失。

“不……我已经失败了四十三次，这次绝对不能让你死……绝对不能……”

“罗阳”慌乱地把枪口从何旭头上移开，对准罗阳，射出一道激光。

刹那之间，洛薇扑向罗阳，推开了他，激光以不可逆转的速度从洛薇的后背射入，从胸口穿出。激光不曾带一丝血迹，它正对着窗口，裹挟了洛薇的生命，进入无尽星空。

“薇——！”

洛薇手中的枪跌到了地上，“罗阳”始料未及，他的瞳孔都在颤抖，失神地望着激光飞出的窗口。他着了魔一样，一边叫唤着薇，一边冲向窗口，跃入星空。

客舱内安静了，洛薇眼中溢满的泪水在此刻悄无声息地流了下来，罗阳抱着她，眼神空洞，望着窗外星空，一言不发。

“各位乘客请注意，本次‘视界之旅’的终点即将抵达，十万公里之外就是黑洞与已知宇宙的交界——我们称之为视界。各位乘客在观赏星空胜景的同时，请开启窗口防护模式，以免遭受黑洞辐射。”

通告的声音在“诺亚号”飘荡，机械而冰冷。

何旭突然说：“洛薇还有救。”

09

“按照人类目前探索到的规律，时光不可逆转，但黑洞始终在人类视界之外，它的里面，一切皆有可能。”

“你注意到了吗，未来的你在出现与消失的时候都是以波的形式，而当物质进入黑洞，就会受潮汐效应分解成微粒——这是我们的理论结果，但说不准在那里面，微粒就会扭曲成波态，然后重新组合进入另一个时空。这其实也是我最近的研究结果，偶然间推演出一个公式发现了它的可行性。”

“抛开那些理论，就我们所见到的，这些来自未来的你，他们与你构成了一条因果链，他们能穿梭时空，你肯定也能。”

“但我不建议你去，同样也是因为，变故太多。”

何旭的声音渗透了苦涩：“都怪我，当初就不该邀请你们。”

罗阳抱着洛薇的身体，他认真听完了何旭的话，失神一笑：“老何，与你无关，都怪我，但我还是要去——薇说过，我们要改变它。”

罗阳目光坚定，何旭点了点头，取出一粒胶囊递给罗阳，告诉他操作方法，里面有一架飞碟。

罗阳笑着接过来，一声轻响，飞碟出现在客舱。他捡起地上的枪，与洛薇扑来为他挡枪时掉落的磁卡，银白色光泽闪烁，窗口最大限度地打开了。

“老何，你的肩膀……”他面露愧疚之色。

“没事，他还有些理智，没下杀手，只是小伤。”何旭苍白地笑笑，方才他取出药剂，已经止住了血。

罗阳走过去，和他拥抱了一下，然后捧起洛薇，进入飞碟，扫描到十万公里外的不可探测区域，他按下了启动键。

罗阳把洛薇放在旁边，她身体冰凉。他曾想过用未来自己的办法，以自杀了结一切，但他明白自己的死去没有意义，不过是逃避痛苦罢了，一切都不会重来。洛薇的泪水与微笑在记忆之中散落成一片片碎片，扎在心脏，难以释怀。

他感觉自己的温度也在渐渐变凉，飞碟开始无规律地晃动，已经靠近视界了吗？

他就要进入视界之外的黑洞，开启真正的“视界之旅”？

他深吸口气，目光决绝。

10

一日后。

“各位乘客请注意，本次‘视界之旅’顺利完成，‘诺亚号’已回归地球，目前位于大气层，准备降落。乘客们请拿好自己的物品……”

何旭听完，没有去拿任何东西，他本就不曾带来任何东西。

他感到客舱震动了一下，着陆了吧，他打开门，向出口走去。

出口不大，而且整个“诺亚号”的乘客都从各自客舱出来了，这里就显得拥挤和热闹。

何旭静默地从热闹之中走过，下了飞船，径直回家。

打开门，何旭看见了雪白墙壁上的那道裂痕——这是出发之前，被未来的罗阳劈出来的，可如今，罗阳又在哪里？

他伸手摩挲，肩膀还隐隐作痛，可这点痛又算得了什么？

他终于忍不住瘫软在地上，闭上眼睛。黑暗包围了视野，竟有一种安宁。

在他闭眼所视的这黑暗之中，忽然，有一道银光划过。明明闭着眼的，视界被黑暗吞灭，莫非，它也来自视界之外？

何旭一惊，站起身来，他睁开眼睛，看见的是雪白墙壁上的裂痕。

他定定地望着这一道裂痕，咧开了嘴角。

那是两张磁卡，插在裂痕之中，银光闪烁，不染尘埃。

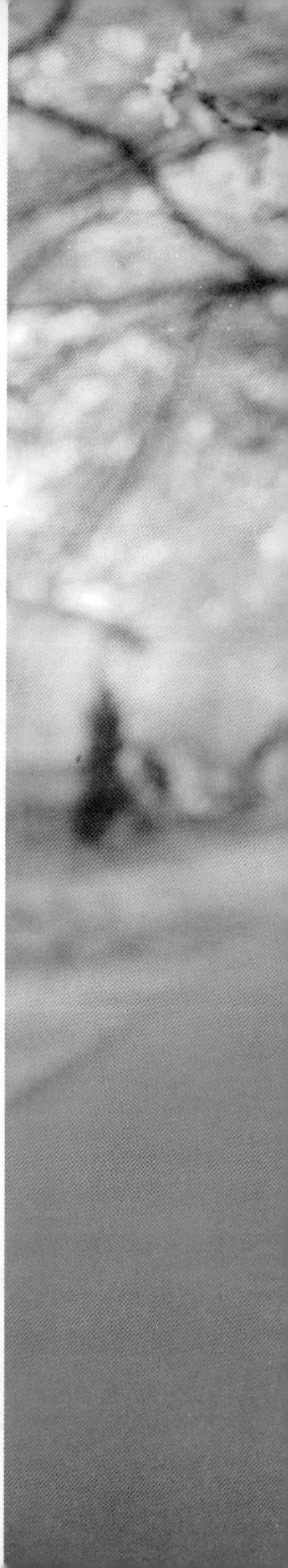

Part 4

纷飞

当在纷飞落花里看见你

文 ♦ 刘宗珉

第十九届全国新概念作文大赛二等奖获得者

最后一次走在那条落花纷飞的道路上，花瓣连同万千思绪卷起绚烂的风暴。蓦然回首，蒙眬的泪眼，想在迷离中，在模糊的人群里寻觅到她的身影，看到那轻轻挥动的手。但他知道那只是个渺茫的幻觉，和曾在他心里独自燃烧的幻想，渐渐地，归于虽短犹炽的幻灭。

李老师来来回回扫视着教室里的二十四个人："两男一女一组吧，女生当组长，来抓阄儿。"他抓到6号，对应着"佩珊"的名字。多美的名字啊，他想。然后在同一组的人站起来相识的时候看到她，一样轻盈的手臂，淡粉的连衣裙，含苞待放的双唇，恍惚间把他带回了那个迷茫又梦幻的下午。

十六年来第一次离开父母，到北京补习糟透的英语，其实也为逃避年复一年考试失利令他窒息的阴影。面对着昌平区灰蒙蒙的天空下粗糙的楼墙和空荡荡的街道，莫大的孤独与无助第一次把他的心洗劫得空空如也。

报到是在上课的前一天，八月的滚滚热浪里，校区窄道上的人寥寥无几。他走过那条后来落花纷飞的小道，那时槐树桂树枝头还只是嵌着些微微颤抖的花苞，被延伸的翠绿色完全掩盖着，枝丫向四方伸展，弥漫进了热浪。

他惊奇于在一路风光如此贫瘠偏僻的土地，竟在参天巨树之后掩映着世外桃源。玻璃幕墙整体包装了教室，在熠熠光辉下静如蓝海。他爬上三楼，诡秘的自由萦绕着他，在步道的尽头推开那扇虚掩的门，走进接下来漫漫无期的十二天。

热浪寂静波荡，在绵延着单调色彩的楼梯口，他瞥见了那轻盈洁白的手臂和随性摇曳的长发，维纳斯淡粉衣襟下洁白的自然迈着猫步的双腿，在他心头激起一道亮丽的浪花。

他站在二楼的楼道口，手插进裤兜，仰望着转进三楼教室已然消失却似乎残留的身影。一种前所未有的莫名心碎，一种前所未有的孤独、无助、迷茫混杂着爆裂般澎湃的希望，一起悄然润湿了十六年来一直固于鸟笼罅隙里孤独的双眼。

他坐在座位上装作心无旁骛地看书，目光一行行漫无目的又毫无意义地扫过去，其实早已被分组搞得心神不宁。

他心想，如果能和她在一组该有多好啊！他攥着手里的数字“6”，故作淡定地环视着同学们，一切犹如缘分般，就像那个痴心凝望的下午，他明白了那个美丽的名字属于美好的她。

分完组后组内活动有个“T恤之夜”，一小时内画完一件T恤。

另一个组员是班里唯一一个即将高三的人，皮肤黝黑，蘑菇头下的黑T恤花里胡哨。那天他戴个大框眼镜，感觉像个摇滚先锋，却又很老成持重。坐在旁边的他没敢细细打量，感觉他这绅士的气质应该会吸引她的心吧。不过到后来才知道，他摘下眼镜后是个非常有趣可亲的人，而佩珊是个冷美人。

“谁会画画啊？”声音依旧那么清新娇嫩，优雅自然而绝非矫情。

“我不会啊。”高三哥哼哼几声，声音低沉而有趣，面露难色。

“我素描十级。”故作淡定的他低声发话了，实际上多报了两级。

两个人做佩服的鼓掌之态，然后他们就开始羞涩地选择素材，依了她的愿望，画个风景。

讨论中坐在前排的她回过头来，洁白微粉的手指轻拂在晶莹的下唇，顺滑的长发安静拂过她的肩头栖息着。

他借讨论之故真诚地细看她面庞的侧面，像征求什么建议似的。她的大眼

睛多么清灵啊，泉水般的眼眸一直刻意望着他旁边的高三哥，像是从他目光中寻求解脱。冥冥之中感觉她对他才华横溢的印象不错，但他不想断言她的所思所想。

他用铅笔在洁白的T恤上起了形，完成了大部分细致结构，他俩则一直在涂大片的蓝天，但一片洇一片地不尽如人意，不过没关系，在紧促的剩余时间里他还是把它修饰好了。

T恤上黄昏的橙黄色调里，一道道淡紫色长云划过远天，像她惬意的微笑。

合照里他和面露佩服之色的高三哥一人一边牵着袖子，他露着惯有的嘴角微微上扬的自信之笑，她站在中间，似乎有种尴尬和荣光挂在脸上。

他踏着轻巧的滑步轻若浮云地对她说："送给你啦！"

"谢谢。"她温文尔雅地回。

那晚他走在熙熙攘攘的人流中，恰似乡间阡陌的小路上，没有路灯。

夜色朦胧的面纱里，发自内心感知的思想与感觉的偏差，和十六年的经历似乎已然本能地极力排斥着些什么，但一切对于爱情的描摹与热情的激发，让他的心渐渐由荒诞变得正常，直至令人渴望。他有时深深告诫自己不可陷入迷途，深深体悟过事未开启的憧憬与曲终人散的悲凉，然而有些理想，恰如曾经理想中为人仰慕的形象，渐渐在现实的侵蚀中土崩瓦解。他曾视理想外的一切为不敢涉足的沉沦，但又在仰望星光中的理想时望见伊卡洛斯流星般的坠落。

理想与现实的矛盾，不敢抛弃的教条鸟笼，让他知道他终究会在岁月流转中牺牲一些东西，即使它曾多么五彩斑斓，即使曾多么渴望拥有。

但也许不该是现在。

佩珊的淡粉晚礼服只在第一天和“T恤之夜”曼妙地浮现，其余时光换成了黑白格相间、蓝白条相依的休闲装。

那个为排练话剧专门腾出来的下午，各组还在占据空地热烈讨论剧情的时候，他就信心满满地拿着完工的剧本鼓动主要角色来到室外排练了。

令人偃旗息鼓的高温里，他手舞足蹈地演示着所有人的动作，每个角色看着他，像在看一出独角戏。他始终本能地避开了她的目光，却又在每一个瞬间的侧目里心驰神往地描绘他的女主角倚栏瞩目的轻盈身姿。

那个可爱的下午，热浪仿佛让时间凝滞，仰望可看到天窗外的蓝天淡波，凭栏可望见金碧辉煌的一地碎光。孤独又才华横溢的他尽情地、间接地在由一见钟情所束缚的冥冥命运里向心上人倾显才华。

随风而动的裙裾、倚栏玉立的背影、田园般动人的静止时光，渐渐朦胧在他的视野，渐渐凝聚在她单纯又成熟的一抹微笑，咫尺天涯地幻化为一道可望而不可即的光明，幻化成缥缈又令人心碎的幻觉。

他早该明白，幻想终究只能是幻想，而幻想总是美好得让人无法割舍。它凭着巨大的热忱冉冉升起，却在他逞能自封为男主角时就注定坠落了。想让这出剧中男女主人公美丽的命运成为他和她最珍贵记忆的幻想，终究只能完整地封存在往昔岁月的梦里，和他心中独自燃烧的快乐一起，醒来挥之不去，又渐行渐远。

第十一天下午，话剧表演。

一群人木讷地听不懂他土气又模糊的口音，十天的心血付之东流。

他渐渐心生一种自卑和厌恶，但他只能无奈地演下去，没有退路。在一个满含悲情的场景，他费了一晚上做的又长又薄的泡沫配剑硬生生地被空气扯断了，这时台下传来轰然笑声。他慌忙去捡拾断成两截的碎片，在墨镜的一角看见所有人笑得前仰后合。亭亭玉立的她，也捂着嘴笑，还是那么纯真而美好……

谁也不明白拘束在时而阴郁、时而光明的前方的那个目光，那个每天在教室和宿舍间的热浪里携风而过的身影，那个在学习编剧积压下啃方便面度日挑灯创作的本想演绎才华的人的心。

他就是个滑稽的小丑，自己打自己脸、自毁形象的小丑，一个用高傲的才华、巨大的投入却换来现实重重拍打的落伍老人。他开始质疑这些曾以为熠熠生辉的海市蜃楼，这些早已化为泡影的幻想中的巨大幸福，曾如此炽烈，又如此短暂……

他真是太自负了，自以为是，永远坚守着仰望与被仰望的界线，而脆弱的心又不堪一击。

他心灰意冷地徘徊在巨大玻璃幕墙前，看着玻璃外，看着楼下在乌云里逐渐暗淡下去的小路长廊，被已然墨色的欲静不止的树叶隐没在狭长树影里。脚边是不知道写了多久的剧本，被冲动的手撕得粉碎。他浑身一阵发冷。

他审视着他可笑而愚蠢的行为，以为在高中的灰墙土瓦里已然破灭的形象可以在异地他乡的短暂自由时光里重新熠熠生辉，到头来却只能独自在痛苦的废墟质疑自己所剩无几的信心和骄傲。

他迫切想逃离这里，离开这个伤心之地，这个让他明白自己犀利的矛头终究刺回自己的苦难世界的偏僻角落。

当然谁也不会理解那颗凝滞于玻璃幕墙前彷徨干涸的心，甚至没人看见，包括那个漂亮的人。他始终明白，但直到现在才承认，她只不过是从他离家貌似独立掌握自己的命运后，年复一年的好奇与幻想所催生的幻觉，是他单相思浪费生命的幻影，从来就不是冥冥之中他所一直认为的一见钟情的命运必然。

两路人生，也许本该是两条平行的铁轨，却在青涩眼睛对远方的遥望里，被看成交汇在无比瑰丽的未来。

最后的结业晚会也结束了，完完全全的黑暗里，只有他们一个班在漆黑的路上行走。

他看见前面的佩珊漫步在这朦胧的夜色里，他心潮澎湃地想上前对她说些什么，但终究没跑过去。

他不想回宿舍，不想在狭小的房间里独自面对那抹深深夜色。他想起每天，目光越过食堂，都能看见一队队拎着拉杆箱的新学员领取住宿证；每天夜晚，都能听说几楼的结业者临行前开始通宵狂欢了。

没想到今天就是他们了。

时光流走了，但直到最后他才发现，被狂妄敌视猜疑蒙蔽了双眼的他从未真正了解过身边彼此，日复一日咫尺天涯的默默守望，也终究没换来片刻的真心话语。太晚了。

就像那个最后的客人从天涯海角赶来，却不知道宴会早已曲终人散。

最后一上午，乌云匍匐在这片近在咫尺而从未知悉的土地上，风呼啸着席

卷着枯枝败叶，宛如秋天，像要下雨。

中午，他还是啃了一包方便面。

终于到了下午，管理员到教室里招呼今天下午走的同学们到教室前的二楼排队。

今天下午没课了。明天走的人都起身回宿舍，但都在他们站队的地方停留，为他们送行。这间充满了十二天欢声笑语的教室，终究要在一个阴云密布的下午空荡荡地暗淡下去了。

他站在楼梯口，感受着被回忆缩短的十二天和十六年。万千的思绪，直到自己在送别的人群中似乎焦急地寻找什么人时，才发现在所有终归海角天涯再难重逢的人里，自己最不想留下遗憾的还是她。

矛盾的人，从第一次望见随风而动而转瞬即逝的裙裾起，就一次次眺望纷纷扬扬落花中隐约的朦胧的轮廓；可怜的人，在同一个模糊的舞台，晚会上鼓起勇气再充个小丑，只为在墨镜一角看见哀婉曲调里那白皙的面庞不再泪水盈眶。

他曾多想，让黎明的晨风送来一个别样的下午，唯她和他，倚栏相靠，忘记认识和不认识的人，忘记书本，忘记高考，倾心交谈着所想所遇的一切，直到黄昏的钟声送来霞光万缕……虽然他知道希望渺茫，就像弗洛伦蒂诺等待的五十一年，就像盖茨比等待黛西的那个最后的下午。

他知道她轻盈曼妙的身影、泉水般的眼睛、梦幻般的微笑，终将要和这个八月一起远去了。

他不能把它定义为爱情，但他想再珍爱些什么，一切也都太迟了，回到当初已不可能了。即使有过渴望，有过悲怆心酸，有过汹涌的梦，也都要随着这个梦幻般的八月一起消逝了，尽管这个幻梦曾那样光辉灿烂。

秋天，就要来了。

他的目光从那片天落到地面，却看见她倚在墙边，灵巧地摘下耳机，一如既往的清灵目光朝着他，轻轻挥手。

他紧张地往左右看了看，发现并无他人。未变的心明白，她在感谢他奉献的往昔。

他们，第一次，也是唯一一次地对望着，他露出那个自信上扬的微笑，承受不住的羞涩让他走回落花纷飞的道路。

当笼中鸟缅怀这片阴郁而毫不知悉的天空时，那次对望，永远地，改变了他们狭隘的命运。

那天晚上他找到在北京的哥哥，停留了一晚。他在华灯初上的街道四处游荡，最后一次缅怀这迷梦般的城市。

第二天中午在北京南站，找了个托词离开和哥哥落座的餐厅，在人海茫茫的车站里，拿着高三哥给他的纸条。他看见了一家肯德基，门外，黑白格相间，蓝白条相依。

漫长艰辛后，命运的羽毛终究漂洋过海，他把它们重新捡拾，组成翅膀。

他悄悄滑过去，略带负罪感地把手里攥紧的、在情人节这天转了半小时挑的一只还带着露珠的红玫瑰伸过去，脸凑到她耳边，眼睛却偏向别处："组长，一路顺风。"然后把玫瑰轻描淡写地插在她手里。

不知怎么的，他看都没看她一眼，在她第二个"谢"字还没说出口他就情不自禁地拔腿跑了，即使内心让他做最后凝望。他跑在人群里，穿梭着，他如今竟想避开那目光，那曾多少次令他沉迷心醉的目光。情人节这天，最后的心愿完成了，感激她给予了他一个充实而美好的八月，虽然知道，他永远失去她了。

矛盾的心凝滞住脚步，他转过身去，不知还能否在人群的缝隙中，最后一次望见她轻盈的背影和那将永不再见的容貌，但他却分明看见，一个泪眼婆娑的女孩。一切往昔的心酸渴望，一切曾经的年少轻狂，一切五彩斑斓又支离破碎的美好幻梦，扑进了他的怀里。

他忽然明白，今后的漫漫岁月里，即使他上穷碧落下黄泉，也无法像如今这样，找回曾经的人间四月天了。

"顺其自然吧。"他想。

人海慢慢涌流，岁月悄然已逝。

2
JÁSZAI MARI TÉR
2
KÖZVÁGÓHÍD H
F14
1329

火车开过的地方

文◆喻北

第十九届全国新概念作文大赛二等奖获得者

01

她终于决定要逃亡。

那是一个晴朗的日子，日头在她眼皮上明晃晃地跳动。窗外的梧桐树已经足够高大，它强壮的枝丫贴着窗户疯长。多少个小时，多少天，多少年过去了呢？她算不清楚，她早已丧失了计算时间的能力。

她一路狂奔，这明亮的阳光跳跃在她苍白的脸颊上，巷子围墙上的牵牛花紫红一片开到糜烂。

她突然想起这里是来过的。那时候她和于童在读小学，她背着粉红的书包，于童背着蓝色的同款书包。他们每个黄昏都在这里逗留，把一朵朵花摘下来捏出汁水，染红每个指甲盖。有时候他念诗给她听，在黄昏的柔和光线里，他站得笔直，一些奇妙的句子从他小小的嘴里蹦出来，使他的身上镀上一层闪闪发亮的光圈。那时候她就想，于童一定是上苍派来拯救她的天使。

可是他现在在哪里呢？那个脸颊上有小酒窝的男孩，笑起来眼睛亮晶晶的男孩，他说好要带她离开的，他说好这个黄昏要在铁轨旁带她离开的。她为这一天的到来准备得太久了，因为太过于期待甚至胸口隐隐作痛。她穿上压在棉被底下的碎花裙子，把又长又黑的头发用红绳系住。她的脸颊因为激动呈现不正常的绯红，双手不安地握紧又松开。

他们约定好就在这个时辰，当有些陈旧的绿皮火车呼啸着开过来的时候，他们就一起跳上去，一起感受风剧烈吹刮身体的感觉。

就像许多年前他们的逃亡一样。

02

庞大的绿色森林。绿色像墨水一样浸染森林，远远近近的植物散发出致命的香味。成群结队的鸟从她的头顶飞过，她的肩膀上落满羽毛。

“于童，你知道吗，我总觉得自己在这里居住过很久很久，我是属于这里的。”

她想看他的眼睛，而他从不正视她。

他们那天走了很久的路，鞋子踩在厚厚的落叶上发出嘶嘶的声音，像某种丝绸破裂的声音。直到身体的水分快要消耗殆尽了，他们才开始休息。

在小溪旁，清澈的水从小石头上蜿蜒跑过，还有小鱼儿，它们欢快地游玩。她和他都在沉默，不动声色地相互依靠是他们之间感情的表达方式。水流过她的手心时，她突然产生了想要诉说的欲望。可是她犹豫，她害怕他对她表达的是同情，她厌恶同情。可是除了于童以外，不会有其他人更值得信赖，于是她尝试着开口。

“很多次我都想把弟弟推下楼。”

她忐忑着开口。她惊讶地发现自己声音里弥漫着悲凉的气氛。

“是吗？不要担心，我偶尔也会有这样的冲动。”

她仔细地咀嚼着他说每一个字的语调，最后悲哀地发现他是如此漫不经心。于是她放弃倾诉，她的自我世界是一座城堡，偶尔失去防备但马上完善防御的城堡。也许在内心深处她是渴望于童能理解她的，并且只希望他一个人理解她，这样她就永远满足与安全了，只是现在还不到时候。

晚上他们在废弃的教堂过夜，白色的西式建筑，棕色的长椅脱落了油漆碎片，露出原本淡淡的木头色。蜡烛熄灭的时候，她陷入了无边无际的黑暗。

“抱抱我。”

她半是命令半是恳求。很快她感觉到来自男孩的体温，和他身上清淡的体香。她沉沦其中，怀抱着温暖不愿意松开。

黑暗中她流下眼泪，好在夜真的太黑了，没有人能发现她的懦弱，连她自己都不会找到理由批判自己。所以她放心地哭，越哭越清醒。不知过了多久，她尝试着叫他，而他已经熟睡。

她推开门，门外的树木在说着缠绵悱恻的情话。门槛上雕刻着繁复美丽的花纹，她边摸索边猜想这些是什么图案。风依旧没有停息，把她的长发吹散在风里，碎花布裙也吹得鼓鼓的，她感觉自己马上就要变成热气球飞走了。她无法欺骗自己说，不享受这样的感觉。

03

她通常起得很早，在天地都寂静的时候，蓝色天空还没被层层叠叠的白云遮挡的时候，她拎着白色塑料桶，穿过村庄后面的树林，开始一天的劳作。洗衣服的时候她看到水中自己的倒影，一双无神的眼睛好像在告诉她自己的愚蠢，她躲避自己，麻木地刷洗衣服。

正午的时候她被关在房间，被命令做功课。她抚摸手中的书，觉得它们好像也是滚烫的，灼伤她的皮肤。她的耳朵里充斥着球赛激烈亢奋的尖叫，永不

停歇。她试图阻止，却只是徒劳。父亲的自以为是深深地伤害了她。

当夜幕降临，她的心情变得愉悦。她的白裙子沾满阳光和尘土的味道，皎洁的月光透过窗户落到她的书桌上。她裸露着身体，不断转圈，洁白的月光就洒在她美好的身体上。她一遍一遍舞蹈，一遍一遍想象自己变成了有着纯白羽毛的飞鸟，在远处的天空自由飞翔。

很久以后，她都重复做一个梦。如血的夕阳下，往世界尽头延伸的铁轨旁边，穿着碎花裙子的扎马尾的女孩，沿着铁轨一直走一直走，穿越星空，穿越白昼，她追随世界的尽头。

她告诉于童，她的梦境和她的渴望。也就是那一天，她发现于童对她怀有深切的同情。虽然他在红色天空下像对情人允诺般对她说，我会带你离开。

04

她的记忆总是错乱。有一天她突然发现，她的主观意识在不知不觉篡改记忆。

但是她并不慌张，反而为这感到新奇。她在这个纯白的世界躺了太久，连同她的头发都沾上药水的刺鼻味道。起初总会有医生和护士来进行诊断，后来来得少了——自从门上挂了一把锁之后。

那时候她望着窗外的梧桐树，就决定要在梧桐树足够高的时候逃出去。因为她记得她和于童约定过，要一起离开这个地方。而在此之前，她必须要努力长大，否则他将不会带她离开——她是如此稚嫩。稚嫩是可耻的。他们之间隔着宽阔的河流，她站在河的对岸无能为力。

她突然想起于童的容貌应该已经改变了。她逃出来的时候问过路人现在是什么年份，她这才在对方惊讶的眼神中明白自己丢失了五年的时间。是的，她的脸庞变得愈发消瘦，黑漆漆的瞳孔像镶嵌在白布上的黑宝石。

她站在铁轨旁边，火车开过去的时候尘土飞扬，洒落在每一根发丝上。只是她还在等待，六点钟还没有到，下一趟火车还没有来。

她突然想起几年前的逃亡。那时候她还是个孩子，她和于童搭上了火车，大风在耳边呼呼作响，她和于童兴奋地大喊大叫。他们爬到车顶上，仰面看着云朵一朵接一朵地飞快滑过去，他们年轻的身体暴露在空气里。她好像看到了大片大片黑色的飞鸟在她的头顶不停环绕。

05

她不停地走啊走，顺着铁轨，并且时不时回头看一眼。已经五点四十分了，还有二十分钟火车将又一次到来。但是于童还没有来，她最亲爱的男主角还没来，他不登场整场戏将难以结束。她的辫子有些松散了，碎花裙子被尘土吹得雾蒙蒙的，黄色烟雾迷了她的眼睛，她突然变得沮丧。

但她还是在等待，于童是不可能违约的。他一直都扮演着她最贴心的守护者，即使他认为她幼稚不可理喻，即使他不爱她。但他至少试图去理解她，去倾听她对家庭的诸多无奈和绝望。

所以她还在等待。天空的火红色好像快燃烧起来，黑色的铁轨绵延至远方看不到尽头。她穿着狼狈的碎花裙子，焦急地等待于童来赴约。这是她唯一的机会，可能过了一个小时她就会被找到，然后再次被关进那个只有白色的小房间。她绝不要，那里太冷了，太黑暗了，阳光直直地照射到她的病床上，可是她还是感觉冷。没有人拥抱她，没有人念那些美丽的奇妙的句子。她绝不要再回去，她只想像正常的小姑娘一样漫步在开满牵牛花的巷子里，而不是被一群奇怪的人当作精神病隔离开来。

她看着手表，时针已经指向数字6。她听到指针嘀嗒嘀嗒转动的声音，和着她剧烈跳动的心脏一起。突然，她听到不远处火车鸣笛的声音，她心底盼望着于童的声音，那清脆的可爱的声音。

她突然想起来于童来赴约了，他并没有迟到。而且他已经攀上了火车，随着它去了远方。想到这里，她高兴地笑了起来。

大风海水

文 ♦ 王若兰

第十八届全国新概念作文大赛获奖者

虞镇。放下声色犬马走进来的那一刻，都是命运轮回在转动。

虞镇。放下淡泊安宁走出去的那一刻，是惘然岁月不可回首。

风间茗

我停下脚步时，一根细长的晶莹冰锥刺进我双脚前的雪地，质地清透，阳光被它折射散乱。

我抬头，看到一个围着灰色围巾的男子。很年轻，清隽的脸庞与他身后的雪地辉映成一面风景。

“你是谁？”

“你又是谁？”

他眼神闪了一刻，“风间茗。”停顿一刻，双手揪着灰色的围巾，露出细致的皮肤，与瘦得凌然的锁骨，“不要往前了，村庄里很难容外人。”

“风间茗，你好。”我伸出一只手，指尖在冬日的阳光下纤细好看得要蒸发掉，“我不知道该去哪里。”

“你从哪里来？”

我理了理脑海里所有思路，调动所有词汇，缓缓说道：“忘记了。”

真的忘记了。许多岁月潜藏起来，最后记忆是在一家粗陋的旅社喝了梅子清酒，桌上放着一块儿裹了尘土的玉镯子，碎裂出绝对的伤口。然后，这个少年扔出一根冰锥，围着灰色的围巾，恍然出现，警告我不要再往前走。

“你叫什么名字？”

“没有名字。”我抬眼望向他，右手抚摸转动左手腕的翠绿镯子，四周茫茫然，厚重而蓬松的积雪。

“跟我来。”风间茗按住他腰上的一把短刀，转身踩出咯吱咯吱的踏雪声往前走，背影消瘦又伟岸，撕裂开白色的世界，逆光镀成金线边。

他突然一回首，眼神逆着光线，墨色的悲喜涌动：“你可以叫我阿茗。”

明亮，激烈，彷徨，湿漉漉的因果。

我在那一刻迷恋上即将到来的村镇与未知的辛辣。

“虞镇。”风间茗按紧了腰间的短刀，“村庄叫虞镇。”刀上一颗镶嵌的绿色石头与我的手镯颜色一样。

虞镇

没有穿过雪山林海，只是走了很久，看到一条河流蜿蜒经过，窄小的青石板路，一片蓝砖红瓦的房子，风间茗指给我看，“虞镇。传说是虞姬的家乡。”

家乡。心底颤动。

蓝砖红瓦的房子，一座一座，一家连一家，沉重绿色的青石板路，漂亮得让人心悸。

难以想象的，蓝砖红瓦。

“去敲开一扇门，说你迷路勿入。”风间茗的眉目隐在茫茫白色雪地里，“不要说是我领你来的。”

“会容下我这个外人吗？”

“如果外人可以凭感觉走过虞镇外的九连路来到这里，便是虞镇的有缘人。”

“阿茗。”我的声线，在冰冷的空气中颤抖，“如果再见面，可不可以，为我取个名字。”

身后回答我的是咯吱咯吱的踩雪声，还有眼前天地的与众不同。

冷冷的江河。

清凉的黎明。

江川与云月。

幻术

“有点烫。”阿婆捧着木质杯子，吹拂杯面上蒸腾起的水雾，递给我。

“谢谢。”我接过，杯上水雾展开进空气，凝结成水珠在指尖，坠落地面溅出六瓣花型。

浮浮沉沉，无法帮扶，无法救助。

“囡囡，你叫什么名字，居然能只身穿过虞镇外的九连路。”阿婆端上一盘沾满白色粉末的糕点，推向我，“莲糕。尝尝。”

“谢谢。”我忍不住低下头，垂眉在一干二净的黎明中，“忘了名字。感觉。”

“那帮你找回名字好不好？”阿婆起身，拉响了窗边，躲藏在蓝白色碎花窗帘后的一个银色铃铛。

这是在做什么？

万千不解的目瞪口呆中，方前刚遇过的男子推门而进，势如破竹，铃铛声作响，不肯停歇。

“阿茗，这个姑娘忘了她的名字，找不到回家的路了。”阿婆转身走出去，关上木门，铃铛声的回音正从外面雪地旷野传达回来，“你帮帮她吧。”

“你要怎么帮我？”我回头撞上风间茗对视过来的目光。

“你想我怎么帮？”风间茗孩子气地挑眉一笑，撩开垂在右手侧的灰色长围巾，坐在木制板凳上，与我两两平视。

“取一个吧。”我推开手边一盘莲糕，顺势笑问，“好奇你们这儿的人不烧火便能做出吃的。”

“我也好奇，好奇为什么问这个问题。”

我拉过一个盘子，指尖敲打，扣响在瓷盘边缘，“干枣放进牛奶中，用加热的方式才使它们沸腾。加热，懂吗？”

手上重重点了一下盘子。

“可我只有一颗心。”风间茗从宽大的袍子中伸出一双骨节分明的手，左手手心躺着一颗未萌发的种子，右手遮挡上去，“而这颗心可以做好多事。”

只是瞬间，绿色藤萝从他右手的指缝中蜿蜒出来，在寒冷的冬季，生根发芽，顺着我的指尖爬上风间茗的短刀，丝丝缠绕住镶嵌的绿色石头。

“心有念，念生幻，幻出术，术引万物。”

木楠窗外的雪色旷野，径流不息的江川海河。

“幻术。”

海问香

“海问香。”

“什么？”

“海问香，你叫海问香。”风间茗念了个诀，藤萝迅速缩回成一颗种子，他抬头望向我的眼神中一片清明，“这是虞镇的上古海神之女。”

他站起来看着我，居高临下，颠倒乾坤。

而我，弃甲曳兵，穷途末路。

“这真是个优秀的名字。”

“希望配得上你高贵的身份。”风间茗猛地低头，鼻尖逼近我的眼睫毛。

被我蓄养在眼睑中的海洋泛滥，卷起泪液，漾上角膜。

瞬时哭泣，是某一刻的下意识行为，受情感分配，不受理性制约。

“有了名字，我是不是要回家了。”

风间茗拉起我一只手，拽到胸前，我指尖传来他灰色围巾的温柔触感。

“让我送你回家，记得向海神问好。”

海问香。

摆渡

然而我并不知道要去哪里。

风间茗在我身后徐徐不急地划着桨。“渡过这条河川，回到你来时的地方去。”

怀抱里一袋莲糕，裹着白色的粉末，在我胸腔脑海翻滚。我的声音刚出口就散在风中：“风间茗，海问香。”

大风与海水。虞镇上古的姓氏，古老漫长，有岁月的长香。

沿途被大雪覆盖的针叶松树辉映着头顶的明月，而松间明月会有多少年呢？

转眼一切都会老去。

我睁开双眼，长长的睫毛扫过眼前的薄雾。

薄雾散开，是粗陋的旅馆，梅子清酒，裹了尘土的玉镯子，还保留着绝对的伤口。

我摘下左手腕的翠绿镯子，用力抛掷到身后，摔落在坚实的沉色青石板地面上。

身后没有风间茗，没有船桨化冻的声音，没有漾开波澜的河川，我回到了来时的地方。

而海问香这个名字被我收藏在心底，随着漾开的波浪涟漪，散发出阴冷的香味。

我拉过一个盘子，修长的手指敲打，扣响在瓷盘边缘，“还是好奇不加热怎么做出吃的呢？”

手上重重点了一下盘子。

风间茗。虞镇。幻术。海问香。长长的河流。

然而无论是被摆渡，还是摆渡人，都要记得上岸，回家。

荒诞

我开始做一个漫长的梦。

梦中的人物场景出现得千百反复。

我摔碎了左手腕的翠绿镯子，玉镯的裂纹化成了冷冷的江河，清凉的黎明，江川与云月。

有一个面庞清隽的人叫风间茗，他的灰色围巾盖住盛大寂寥，短刀成了雪色山头，镶嵌的绿色石头也会闪光，送我与翠绿手镯回到粗陋的旅馆，继续喝着梅子清酒，桌上那裹了尘土的玉镯子，还保留着绝对的伤口。

还有执着的幻术，压在心头的凛冽。

茫茫然的四周，厚重而蓬松的积雪。

以及咯吱咯吱的踏雪而来，踩雪而去。

而我曾放下过去来到那里，只是为了见他一面。

为了见他一面的荒诞。

传说

有个荒诞的故事。

上古风神掌握最强大的幻术，为迷失方向的人编织美丽的幻境，在梦中引导。

睁开眼睛，心境不同，而生活不动声色仍在继续。

晚安

希望优秀的青少年依旧拥有爱与信仰。

我们只有一颗心，而这颗心可以做好多事。

藏地花

文♦一匹马赛克

第十七届全国新概念作文大赛二等奖获得者

火车跑出城市，如同牛仔骑马穿过早已向往的草原。五十个小时的硬座，一天仅一趟的青藏线，终于抵达藏区，身边揣着的是祖父收藏的旧版《植物图鉴》和《本草纲目》。

山路和之前想的一样，很悠长，一直通向夜色。很久不见暮色四合了，某尾说。我正答应着，蓦地眼前一亮：路边竟有荆条花。一直走，身边一丛一枝，疏密相间，荆条开放。某尾停下，在车票上轻轻写下花的名字。我告诉她，荆条花也叫牡荆，就是负荆请罪的荆，也是荆钗的荆。

背上有花开，想必负荆请罪在这里也演化成了美丽的罪。

某尾哦了一声，说："这些不知名的草木的故事，以后你得好好讲给我听。"

山路依旧纵横，每一条都通向茂盛野草间。不禁令人遐想，夜里，山花烂漫处，定会有萤火虫明明灭灭，星星点点，漫洒夜空。

我们要拜访的人，就住在桑耶寺。桑耶寺在桑耶镇，桑耶，藏语意为“出乎意料”。这不起眼儿的地方会有什么出乎意料之处我不清楚，只知道，布达拉宫如今成了游人如织的名胜，桑耶寺却很安静。

信步而行，一间偏僻的佛堂内，一个年迈的女子坐在佛前，数着轮回的念珠。桑耶寺，让人心里一动。

在这样一个缺氧的地方，人的思想精力极易过剩。

因了祖父的影响，每到一地，我也总想给当时的心境栽几株新生草木。于是有了记录之意，不写人事，只记录一些花花草草的情态，与草木谈谈心。

或许，藏地人事物的密码心结，也不过像那野草野花。

绶草

在诗经中它的名字是鬲鸟。二十多朵细密的小花，就如二十多只盘旋归落、红唇白齿、一路洞开歌喉的小鸟。然而，它是植物。花开过，纤细的身肢，被小小花苞包围得错落有致，盘旋缠绕的炫舞，和路过行人哼的，会不会是同一首歌谣。事实上，我确实没想到，在高原还会见到绶草。我以为已经走了很远，远到存在的事物里只有陌生。以前，对西藏的想象，犹如对梦境的想象。梦里，天应该是雪山上的天，只有蓝色、阳光和白云。

我不再独语，只想倾听，某尾指尖上最柔软的声音。高原不仅生育苦寒的骆驼刺，你看，绶草那么动人的花开，也旋转着舞蹈。

天竺葵

从南到北，到哪里都有天竺葵。拉萨的天竺葵长得最好，是因为高原有最好的阳光吧，好得竟让人不能直视，只能戴着墨镜仰头，看布达拉宫的窗口。每一个窗口，都有天竺葵盛开，那么斑斓的容颜，那么美好的色调。我有时在想，来浇水的喇嘛们看见这样的颜色，合着花意，会想起怎样的故事呢？天竺，究竟只是一个虚构的传说，还是梦里面的真实？

毛蕊花

毛蕊花的蒴果是卵圆形的，种子多数细小，且极其粗糙。疾驰的车上，疾驰的人，把镜头伸出窗外，我的本意是想带回山路边的一棵野草，回来给遇到的好友讲，一个人与一棵草萍水相逢的故事。高原上，确实该有这么高大粗野的植物，和人一样高的草，同雪山一样，没被污染的草。随行不懂植物链的导游管它叫高原一枝蒿，却是比本名“毛蕊花”还好听的名字。想到这里，会心一笑，原来一棵野草里，也有上帝的味道。

琉璃草

收获和预期之间的隔阂，是天与地的差距。而高原的天和地之间，除了矮小的雪山，已经没有距离。那么蓝的天，那么苦寒的地，那么多人到这里，寻找自己，迷失自己，忘记自己。只有琉璃草，兀自开花，不用美丽的故事，只用自己，就能讲述奇迹。那么大的天，那么大的地，那么小的草，那么蓝的琉璃，触手不可及。

翠雀花

高原上的道路太悠长，悠长得像亘古的时间。蓝天白云是别处不曾有过的茂盛，而道路只在贫瘠单调的土地上延伸。幸好，路边还有那么蓝的花，比天空还蓝的翠雀花，长长的花萼像鸟。“藏族李时珍”丹增彭措的《晶珠本草》称呼它为德木萨。我不明白的语言里，神秘的蓝色鸟，在高原的风里静静纷飞。

骆驼刺

拉萨四周是山地裸岩，雅鲁藏布江边沙丘成阵，和我的藏地记忆一样，长满一丛丛的骆驼刺。骆驼刺是豆科，开红色蝶形花。没有丰美水草，骆驼刺是高原羊群的食。路遇的藏族女人叫它刺，说它是藏民的柴。如果在漫长的公路上下车，可以去看看，贫瘠土地上坚韧生长的骆驼刺。如果有缘，你能遇见花开。

川西合耳菊

长久以来，因为对藏区的植物知之甚少，不少人甚至错误地认为，西藏地势高亢，气候酷寒，是不毛之地。其实藏区令人耳目一新的植物实在难以言尽。一路行来，我见到的第一种感觉新鲜的植物当数合耳菊了。拉萨离我的家乡很远，可是绿化树却和我出生的地方一样，主要是杨、柳和榆。出拉萨，去林芝，十个小时的漫漫长路，中途休息，跑去路边看看植物，见到的就是野生的合耳菊，开着乳白色的花。不鲜艳，于我却新鲜。

牵牛花

有时候，在心里竖一根很细的竹竿，就会有一棵最熟悉的藤，纠缠着你，攀缘上升。我是你上升的体温。夜里，牵牛花像耳朵，老是等着我唱歌。我说，走到再远的地方，也会有最熟悉的花开，熟悉得像我们都喜欢的一本书，或者一个诗人，就像对一个世界的怀念。高原的牵牛花会牵牦牛吗？可惜，我是山里的一匹马。

委陵菜

盘山公路上，一辆大卡车和你乘坐的车发生摩擦，你能清楚地听见司机咚咚的心跳，直到这时，才会明白，没能发生的危险也已足够恐惧。他们为这次事故争吵，寻求解决方案。你去路边，很小的雨。很小的雨也足够洗净野草的叶子和花朵，你看见，路边委陵菜新鲜的叶和花。说是菜，但不再有被吃掉的危险，因为它已经被久久遗忘。城市也好，高原也罢，一切都在人间。人间就会有人烟，人烟稀薄处，依然有委陵菜的踪影存在。

石龙芮

像是专门等待一个人的到来一样，那棵开花的石龙芮。石龙芮不是坚硬的石，不是缥缈的龙，只是草丛里的一棵草，花朵上明亮的阳光。旅人不在的日子里，结成花朵中一颗绿色的果。路边草丛的石龙芮，看着人们来来去去，留下匆忙的脚步。我等待一个停下的人，在被马赛克碎片化的世界里，听她讲那果实里，很长的故事。

金露梅

高原荒凉的路边，和骆驼刺一样多的灌木丛是金露梅。只是那名字里，多了一点水，多了一点生命的丰沛和柔美。生命的本质没有差别，在干旱的土地上兀自生长。没遇到骆驼刺的花期，疾驰的路上，看得见金露梅开黄色花。陪伴它开花的，是白色花的银露梅。有时我不禁想，人，为什么要选择在这空旷之地安家呢？某尾说，答案不就在你眼前吗，江南有羽衣甘蓝，这儿，有金露梅。

我把祖父托我带的书交给桑耶寺里的那位老人。先辈们的故事，我们这些晚辈不太清楚，或许，它们适合继续尘封在书本里，让静默的时间去解密。

和某尾走出寺庙，远远的，就见到很大的柳树，刺眼的阳光下，柳树巨大的树荫像个阴凉的房子。房里只得两头牛：一黑一黄。向房子走来的，是一个穿红衣的喇嘛。黑牛看着喇嘛，喇嘛停下，看看黑牛。喇嘛走到黄牛身边，伸手去摸它。黄牛不看喇嘛，黑牛扭头看他。喇嘛转过身，离开黄牛，走过黑牛，黄牛不动，看着别处。“哞……”一声长吟，黑牛终于耐不住，视远山树影，如作人声语。

转身，一旁卖酥油茶的小姑娘看我照相，便微笑着凑过来，主动要我给她照一张。照好了给她看，她也只是笑，既不要钱也不要我寄照片给她。不远处修建的建筑旁，意外地有正在打夯的青年男女，他们动作整齐划一，手持工具，男工起头，女工应合。一边唱一边击夯，像弹剑作歌的隐者一样向四面舞动。歌的旋律很简单，朗朗上口，清脆爽利。

七碗爱至味，一壶得真趣，空持百千偈，不如吃茶去。这样的场景里，我自问城市的自己，除了键盘和屏幕，还能否找到一张干净的纸和一支能写的笔。文字消失，词语不在的夜里，我会弄不清体内的经络是否有血液流动，还是已变成无形的网络。机器世界会有怎样的秋天呢？铁片或者塑料做成的虫，一定不会是变形记的故事。

雨落在身上，没有诗意，只有肌肤锈迹斑斑。于是心中升起一种希冀：想召唤一只蝉，在落满尘埃的窗前，歌唱。

归途。月光正当好，不是狂人看见的那枚，是荷塘边的朱自清：像今晚上，一个人在这苍茫的月下，什么都可以想，什么都可以不想。怀中书本里，赫然是一首鲁迅的打油诗：爱人赠我百蝶巾，回她什么——猫头鹰。

Part

5

影子

十年

文♦蔡花

第十九届全国新概念作文大赛二等奖获得者

章要结婚了。

他竟然要结婚了，那个和我一起坐在高阶上喝得醉醺醺的毛头小伙子，竟然要结婚了。

我是第一个接到喜讯的人。放下章打来的电话，我的耳畔就只剩下满世界空啤酒罐敲击水泥地的声响，混着夏夜薄荷味的雾气，还有那广袤的黑丝绒般的夜空，点点幼小的星子。

我和章认识十年了。十年前，我们十七岁，高一。

那是我第一次住校，陌生的环境让无措感来袭得更加猛烈。有时，在阳台上拼命洗衣服时会突然停下来，望着将暮的天，感到怅然若失。我会开始怀想起我的中学，甚至那个我曾经憎恶的教导处主任，此时他的秃顶也让我的心里涌起一股暖流。

那时，章坐我前面。发下表格填学生信息时，我顶了顶他的后背：“喂，你是什么初中的？”他回头瞥了我的表格一眼：“和你一样啊。”我一把抓住他的手，激动得半晌吐不出一个字来。

后来为这事，我被章耻笑了很久。“你干吗握着我的手不放，眼睛里还晶莹泛光，我还以为你暗恋我多年呢！”我白了他一眼：“你做梦！”他仍旧沉醉于自己不切实际的幻想中，望着我笑得花枝乱颤。

这时候我们已经很争气地考上了同所大学，关系铁到差不多可以拜把子了。这一切，或许都得归功于中学的那位教导处主任。我和章经常一起把他在晨会上演讲的无聊话题搬出来，高谈阔论一番。人的感情总是在背地里议论中增进，以获得共同的喜恶。

章一进大学就瞄上了我风姿绰约的上铺小叶子，而我打上了他篮球队队友阿魏的主意。

从那以后，我们在电信上烧的钱直线上升。我摒弃了每晚睡前背英语单词的好习惯，开始了和章漫长的电话煲。他向我绘声绘色地描述阿魏今天精彩绝伦的过人上篮，我给他在线直播小叶子的一举一动、一颦一笑。我们还绞尽脑汁想了各种稀奇古怪的理由，凑齐四个人吃饭。但事情的发展方向总是那么匪夷所思，我们沥尽心血地竟让阿魏和小叶子坠入了爱河。

那晚，章把藏在床底的啤酒全搬到了操场上，我们俩坐在高高的台阶上，晃荡着双腿，誓必一醉方休。

我小心地拉开拉环，冰冷的气泡瞬间翻涌向上裹紧食指，“嘶嘶”的声音像毒蛇吐露血红的信子，一时不敢下口。我正踌躇着，只看章已经开始“咕咚咕咚”地往嘴里灌了，泛着白沫的液体顺着他一动一动的喉结流入衣服。

我可是沾酒即醉的，一罐下来，就有些神志不清了。我摇晃着站起身，高举着酒罐，对着远方大叫：“为枯萎的暗恋干杯！”然后一饮而尽。不知道是窒息的冰凉还是爱情的幻灭让我流了眼泪，分不清模糊的视线。

空罐子被我们放肆地砸在水泥地上，回荡在空旷的操场上的回声竟很空灵。最后章还是一个个拾起来，然后几乎是把我扛到了寝室门口。

我回头踉跄着跟他摆手，一不小心踩入一处低洼，溅了满裤脚的雨水，惊动了一水面的白色花瓣。然后，我恍惚地抬头，他的头顶上方，是我今生看过最大的月亮。

虽然我和章一直在憧憬着阿魏和小叶子分手，可惜事与愿违，他们大学毕业后就结婚了，这让准备考研的我们顿时没了复习的心情。

把手机放在一边，深深地呼吸，将手覆上鼠标，却失手点了保存电脑文档的“否”，震惊之余又慌张地碰倒了烫手的咖啡。大片的褐色在一页页文件上与

我嚣张对视。我叹了口气，整理好桌上的残局，仰面倒在软椅上，手指探到手机，便不自觉地轻轻敲打机壳。这断了三年的联系啊。

“我们见见好吗……”犹豫很久后，我最终还是发出了这条信息。

我们在大学校园里漫无目的地转悠着。生锈的铁栏杆缠绕着柔嫩的菟丝子，老旧的石墙边上零零落落地长着几丛蔷薇，粉白的花团拥簇在枝头，绿叶和花朵在风中翻飞。这里曾经是我们共同的相濡以沫，如今却成了他人的流年。我慢慢走着，把道边的小石子一粒粒踢远：“你还记得那晚我们的不醉不归吗？”

章笑了：“你喝醉了真好笑。”

我也笑眯眯地看着他：“知道吗，其实当时我一直在想：他们俩竟然在一起了，咱们干吗不在一起？”

“你那天晚上已经跟我说了。”章下颌微抬，唇边一抹笑意。三角梅从墙里爬出来，在章的脸上洒下细碎的光影，恍惚中依然是曾经的少年模样。“嗯。”我不知道该怎么回答，在脑海里仔细搜寻，竟是一点印象也没有。

“我也回答你了。”章转头看着我，他的眼里满是云和我。

“我不记得了。”我抱歉地笑笑，“你是怎么说的？”

“我说……”他揽过我的肩膀，捧起我的脸，吻了我。

我怔怔地望着道两旁的梧桐在风中团团簇簇，绿意盎然，满世界的风声。我闭上眼。

那个夏夜，男孩环抱着女孩，捧起她的脸。露水凉，淡淡的薄荷还有酒味。月光朗照，淌在身上，牛乳一般。

我以为那是梦。

十年的美梦。

他慢慢松开我，我低下了头。我们不再说话，各自的心里，都盈满了怅惘。

章结婚那天，我没去。我带着几罐啤酒，坐在昔日的高阶上，晃荡着双腿，仰头灌着酒液。它泛着白沫，翻滚着进入我的喉咙，我的衣领。在那一刹那，我感到一丝难过。但很快，被冰冷的啤酒湮没。

我在电话里大声对章说："心意到了哦，祝你们幸福！"他的话淹没在喧哗中，不甚分明了。

我垂下手。

远处，被月光穿过的灌木丛，蜡质叶子折射的晶亮，分不清是树上结出的花朵还是露水。

还记得，偌大的校园，章曾经陪着低迷的我走了一圈又一圈。

吃完午饭的食堂，章故意假装非常不情愿地把我最爱的黄桃果粒酸奶塞给我。

路灯下，寝室大门口，常常有借着“护花使者”的名义定要把我送到的章的身影。

还记得，高中刚住校那段时间，章常在拐角处，对拼命搓洗衣服的我长长地吹口哨。我立刻心知肚明地回过头。他遥遥地冲我摆手：“又每逢洗衣倍思亲了吗？”我笑着举起水淋淋满是肥皂芬芳的手，笨拙地用手背把散下的碎发捋到耳后。阳台上少女的衣衫像缤纷的旗帜般，在风中猎猎作响。

这些美好的悸动，像章和阿魏在夕阳下练篮球的声音，“扑通扑通”，是电影里女孩放大了无数倍的心跳。

可如今，我在这里，在和章一起晃荡双腿庆祝结束暗恋的高台，端着啤酒。结婚，有妻，他不再是那个可以随便陪我疯陪我痛的章了；而我，升职，应酬，也不再是那个一杯就能醉倒想要冲进他怀里哭的女孩了。

时光这包漫长的药，让我们回不去曾经。

我在这里，埋葬我的十年峥嵘岁月。

影子

文♦冯想

第二十届全国新概念作文大赛一等奖获得者

三十九岁的姜姗趴在窗户上看着姜思源远去的背影，满眼都是自己十九岁的影子。

回过头来看着空荡荡的房间，床上放着那件织了一半的毛衣，她拉上窗帘，回到习惯的黄昏里。

前几天，姜思源和姜姗大吵了一架，其实从思源参加完高考之后家里面就没消停过。

起因是一个叫袁桥的男人莫名其妙的出现，以及总在楼下轰鸣的那辆摩托车，他彻底打破了姜姗刻意安静的生活。

姜思源非要和那个男人走，嘴里吆喝着毕业旅行吆喝着自由，姜姗则把思源锁在家里好几天怎么也不让她出门。

在思源眼里袁桥就是一个骑着白马的大侠，从与她沉默的生活毫不相干的地方翩翩走来，他微笑着

向她伸出一只手，而思源的那只手就无法阻挡地搭了上去。

01

参加完高考的那几天思源每天都和朋友在外面疯，她一直被家庭被自己母亲所束缚的性格仿佛一下子打开了，她有了第一次宿醉第一次夜不归宿第一次和陌生男人约会，这些新鲜的事物在她眼里就像新大陆一样令她向往，心灵和身体争相踏足。

母亲姜姗倒没多说什么，因为高考完让她疯几天是母女俩早前的约定，备战高考那段时间思源也真的很努力地复习努力调整状态。

思源和袁桥相识就是在一家啤酒烧烤摊儿上，那天思源同桌三个女生一起喝酒撸串，袁桥自己一个人坐在她隔壁的隔壁桌。那天隔壁桌几个喝大了的醉汉吹着牛还摔碎了一个酒杯，那个酒杯就碎在思源脚边，她本能地扭头看了那几个醉汉，还翻了一个白眼，就是这一个白眼让那几个醉汉醉意直接上来了，开始吆喝起来，站起身来站在思源她们的桌子前，指着她的头大声嚷着她。

思源包括她的朋友当然是吓坏了，不敢说话，醉汉更加得意忘形了，骂得越来越难听，声音越来越大，周遭围了一圈看热闹的人，思源坐在那里一动不动，身体还略微颤抖。

就在这个时候，一个头盔突然就飞了过来，砸到醉汉的脸上，醉汉一个踉跄倒在地上，思源本能地站了起来，那个男人捡起地上的头盔扣在思源头上，思源抬头看着他，嘴边青葱的胡楂儿，很利落的三七分大背头，脖子上还有个文身的图案，匆忙之中她甚至都没看清楚他的脸，因为那个男人双手抱住思源的肩膀然后转手将她向后扭了一个一百八十度。

“看见那辆摩托车了吗？上去等我。”男人的声音出奇的好听，是那种十八岁少女都着迷的浑厚清亮。

思源还是待在原地，有点傻眼，那个男人推了她一把，然后不管她了。

男人顺手抄起桌子上的一个啤酒瓶，指着剩下的两个醉汉，那两个醉汉也是，见他一身文身又举着一个酒瓶的痞子模样也吓傻了眼，站在原地只打嘴仗不敢上前。

最后男人留了一百块钱在桌子上，用手指了指示意老板结账，然后朝着思源的方向走过来，还不忘和思源的朋友说了一句："赶紧结账走人。"

这时候思源已经在摩托车旁站着了。

"上车。"思源神智还是有点蒙，想都没想这个英雄般出场的人是好人还是坏人就上了摩托车。

男人扭了两下油门，两个人在英雄拔刀相助解救美人，众人围观的场景下轰鸣而去。

思源坐在摩托车上，心想：这是真的假的，好像电影啊。

“家住哪里？我送你回去。”男人往后拱了拱身子，可能是思源带着头盔的原因她没有听清男人说些什么。

他索性把车子停在路边，扭过头来，思源摘下头盔。

“我送你回去吧。”男人下了车靠在车上点了一支烟。

“我还不想回家，你带我逛逛吧。”思源也不知道哪里来的勇气，也可能是刚刚喝过酒的缘故，她像一个情场老手一样寻求着发展下去的机会。

“去哪里？”男人的语言很简短，语气冷冰冰的。

“去海边溜达一会儿吗？”

“好。”

男人靠在摩托上抽完了那根烟，在那两分钟的时间里思源静静地站在他身旁打量着这个带着些痞气的大侠风范的男人。这样的人是她十几年学生生涯里没有接触过的，十八岁的她对所有未知的新鲜的事物好奇着，她很想对这个男人一探究竟。

六月的青岛还有些凉，海边风很大，那天似乎要涨潮了，海岸上的人不多，他们俩就沿着海岸线走着，男人也不说话，很安静，似乎只能听见海浪拍打沙滩的声音。

02

姜姗高中毕业后在家人的安排下得以去家附近的一所小学当老师，在那个准备就职的夏天，她向家里要了一笔钱，她人生中第一次离开这座生她养她的城市，她紧张又兴奋地上了火车。

火车的终点站是北京，姜姗这次是去看一场梦寐以求的摇滚演出，她如同那个时代的大多数青年一样疯狂痴迷地热爱摇滚乐，她的房间里贴满了海报，墙上抄满了歌词，父母拿她没办法，在毕业后的那个夏天放她去北京看她人生的第一场摇滚现场。

独自一人来到北京，几经周折找到了演出场地，来得早了些，她买好票在门口的阴凉地里坐了好几个小时，坐着坐着竟然睡着了，人群开始热闹起来，她被人群的呼喊声吵醒，观众们检票入场，可她在睡醒后怎么也找不到演出的票据了。

她站在人群中显得太狼狈，疯狂的观众们没人会在意她因为着急而掉下的两行泪。

她看着人们一个一个地检票涌进场内，无助地蹲在地上掩面痛哭。这时一只胳膊突然夹住了她的头，把她几乎用拽的方式拉了起来，姜姗微微弯着腰，那个男人就径直夹着她的头从检票口旁边的小门走了进去。

“我一会儿还有演出，你在这儿老老实实看，演出结束了赶紧回家，注意安全。”那个男人松开胳膊把姜姗扶正。

姜姗看着他，一头长发，脸上有几个不太明显的痘坑，个子很高，她目测了一下她的头顶刚刚能到那个男人的肩膀，她被吓傻了，连句谢谢都没说出来，只是点了点头，那个男人就转身向后台走去。

那场演出来了很多嘉宾，有红极一时的明星也有很多不为人知的乐队，姜姗找到他了，是一个不怎么出名的乐队的鼓手。

他披散着头发激情澎湃地敲打着架子鼓，虽然距离她有点远，但她还是能够看得清，没错就是他，高高的个子长头发，甚至连他脸上的几个痘坑她都看得见。

在他们乐队最后一首歌唱完全体站在舞台中央向观众鞠完躬之后，姜姗跟着他们下台的方向趁着保安一个不注意冲进后台。

“刚刚你带我进场，谢谢你啊。”姜姗有些扭捏地站在一旁说着，现场噪音有点大，第一次说那个男人没有听见，第二次说的时候，旁边的人拍了拍那个男人的肩膀，那个男人回过头来，摘下皮手套用毛巾擦拭着脖子上的汗水。

“哦，觉得演出怎么样？”他笑了笑，嘴角微妙的弧度彻底将姜姗的心理防线摧毁。

那个年代啊，哪有什么微信号可以加，甚至连电话号码都很难记下，所以姜姗只能说：“带上我吧，我想和你一起全国演出。”

“哦，是吗，你好，我叫袁子明。”那个男人又笑了笑。

03

思源留了袁桥的微信号，那个夜晚两个人聊到很晚，她慢慢了解到，这个男人二十五岁，一年前开始骑着一辆摩托车在全国旅行，去了那么多城市，多么巧今天让她遇见了。

随后的几天里，思源坐在他的摩托车后座上，当起了袁桥的小导游，这种带有一些江湖色彩的情谊与别的感情比起来更容易相会相融。

几天之后姜思源坐在床上，看着这个男人抽着烟眯缝着眼问她："姜思源，我又姓袁，你的名字是不是天生为我准备的。"袁桥坏坏地笑了起来，眼睛眯得更小了。

"听妈妈提起过，我的父亲也姓袁所以我叫思源。"

"哦，那你爸爸呢？"

"不知道，很少听妈妈提起他，家里人也总是刻意回避。"

男人从背后搂住了她，嘴巴贴在思源耳朵上："对不起，伤心的事情别想了。"

思源在前面点了点头，心里怦怦乱跳着。

思源紧紧搂着袁桥，渐渐地将他的脸抬起来，瞪大着眼睛看着袁桥。

"接下来，你要去哪里？"

"再往北一点。"

"可不可以带我一起。"思源在袁桥微眯的眼睛里看到了默许。

姜姗在演出结束后跟着袁子明来到一处破旧的老院子，他们的整只乐队都住在那里。

在接下来的几天里，她为这一屋子男人做饭洗衣服听他们唱歌也听他们骂街，到了夜晚她会和袁子明同床，不过她只是小心翼翼地抱着他，她还不敢把自己交付给这个男人，那么美好的事情她想要再等等，再等等。

后来乐队接了一些活，去南方有几场演出，大家都兴致勃勃的，姜姗似乎都忘记了她的父母还在等她回家，心想就这一次青春，玩就玩尽兴，她收拾好行李，跟着袁子明去了南方。

那是她第一次看到长江，她还有点不适应南方湿热的夏天，略微有些着凉了。

她接过袁子明递过来的一件皮马甲披在身上，看惯了家乡大海的她第一次看到长江水还是有些兴奋，那是不同于大海的无边无尽，这一片江水显得更加有情有义。

袁子明突然从背后抱住她，两只手深深地搭在她的脖子上，她的后脑勺能感受到子明胸膛的温热，那种被包裹被呵护的温暖让她的心里泛起一层层涟漪。

“姗，谢谢你陪我这些天，我爱你。”袁子明的声音很低很低，低到压在姜姗的体内，那一刻她甚至不能呼吸。

喘上来的第一口气，姜姗告诉自己，她是属于这个男人的。

04

姜姗死活不同意，在她的眼里这件事没得商量。

姜思源怎么都不理解，无非就是出去旅游一阵子，怎么在她那里就一点商量的余地都没有。

第一次硬着来，思源扯开了嗓子和姜姗喊着，暴躁得几乎要在屋子里跳起来，她说她老了接受不了年轻人的思想年轻人的观念，她说她独自生活那么多年太偏激太极端，她说她一点都不去试图理解女儿的想法，除了学习之外做什么都不支持她。

她火了，抬手就给了思源一巴掌，她不像女儿那么多话，那一巴掌打完就瘫坐在沙发上，身体还在颤抖但是眼神已经归为平静，略显呆滞地看着前方。

思源被打了一巴掌之后跑到自己房间，又是摔杯子又是踢桌子，不管搞出多么大的动静，姜姗都不为所动，嘴里还嘀咕着一句话：

“我最能理解你了。”

第二次来软的，思源乖巧地凑到姜姗面前，拉过她的手，软绵绵地说道：“放心吧妈妈，那么多天的相处，他不是坏人，再说女儿大了，还担心女儿能

丢了吗？我已经成年了，我想给自己做个决定，我不想给这个十八岁的夏天留下遗憾，妈妈你放心，大学报到前我一定回来，无论还跟不跟他在一起，我都回来安心上大学，妈妈，你相信我一次，从小到大我都按照你的意愿活着，就这一次。”

思源小心翼翼地说着话，平柔地试探缓和地进展着，姜姗却突然哭了，那种无声的哭泣，没有一点点声音，只是眼泪止不住地往下掉。

她还是不肯。

05

袁子明把姜姗送了回来，在她离开家一个多月之后。

他并没有上楼只是将她送到了楼下，往她的包里塞了一张乐队新发行的唱片，然后笑着对她说：“你先回家，我得回北京准备一下新唱片的宣传工作，等把这一阵忙完了，我会回来接你的，你放心。”

姜姗的妈妈一把将她抱住，然后猛地哭了起来，边哭边骂着她不懂事不孝顺之类的话，她的爸爸坐在一旁，倒没说话，只是把手里的那杯白酒喝了，一脸愁容。

看着妈妈哭着，姜姗也哭了起来，只不过她的眼泪里大多是将来一段时间都见不到袁子明的悲伤。

回家之后的爸妈对姜姗特别的好，似乎像是女儿死而复生一般将所有的爱所有的呵护都一时间全部给她，可她一直沉浸在见不到袁子明的思念和悲伤当中。

她翻着一本台历，期待着日子能过得快一点再快一点，她时刻告诉自己用不了多久子明就会站在她家楼下冲她招手，阳光打在他的脸上和头发上显得格外美好。

日子就这么一天一天地过着，八月中旬她去了小学报到准备入职，学校组织了新教师去医院体检，验了血才知道自己怀孕了，她高兴得不行在医院里又蹦又跳的，嘴里念叨着：“子明你要当爸爸了，子明你要当爸爸了。”

那天回到家后，姜姗把自己怀孕这件事情告诉了爸妈，可是爸妈不像她那么高兴，那是她一生中为数不多地见到平常少言少语的父亲动怒。

爸爸直接拽起姜姗的手，说要带着她直接坐火车去北京找那个小子去，她费了好大的劲才把爸爸劝住，一个劲儿地解释袁子明这一阵子特别忙，等这一阵子过去了，他会回来找她的。

父亲这才平静了下来，母亲只是坐在床边一个劲儿地哭着，她似乎从父母眼里看到了一丝不好的预感，但是那种预感在她心里终究是敌不过对袁子明的信任和期盼。

她翻出记在本子上的电话号码，给袁子明打去一个电话，过了很久他的朋友接起来，然后转交给袁子明，袁子明说马上就能去接她了。姜姗的父亲想要抢过来电话，可是还没抢到手电话那头他就把电话给挂了。

后来的故事大家应该都猜到了，袁子明没回来。

姜姗的肚子一天比一天大了，她还是沉浸在长江岸边袁子明给她的那个拥抱里，她每天都在幻想着将来三口之家的生活，孩子的母亲是个美丽勇敢的教师，父亲是个架子鼓前帅气坚毅的歌手，他们的孩子一定会为自己的父母感到骄傲的。

姜姗感觉秘密藏不住了，她迫切地想知道子明在知道他们的爱情有了结晶之后会是什么样的反应，是会欢喜、沉默还是会激动地失声大哭，藏不住了再也藏不住了，如果说悲伤可以一个人经历，那么喜悦一定要和喜欢的人一起分享。

她又给子明打了一个电话，不对，是打了很多个电话，但是再也打不通。

她忽然就乱了，第一反应是子明是不是出了什么事情，她很担心，第二反应就是要去北京找他，她想要陪在为了梦想奋斗的子明身边，子明也应该陪在她和孩子身边。

肚子里的思源四五个月大的时候，姜姗独自一人去了北京。

来到他们乐队原来居住的院子里，才发现院子的主人已经换了，新搬来的是一大家子人，那个夜晚，新搬来的八九口子人诧异地看着惊慌失措的她。

她又去了子明带她去过的琴行，那里的老板告诉她，子明的乐队和唱片公司起了一些矛盾，唱片最终没有发行，子明给姜姗的那张是为数不多的样版，他们几个人这些年搞音乐欠了很多钱到头来事业又前功尽弃，他们几个人彼此埋怨打了一架，决定不玩了，子明后来把架子鼓卖到了琴行这儿，具体他去了哪里老板也不清楚，总之是不再搞音乐了，应该也不在北京了。

姜姗看着那台架子鼓，蹲在地上哭了起来，头发沾上泪水都黏在脸上。

琴行老板把她拉起来，告诉她，摇滚歌手和女歌迷谈恋爱的多了去了，玩玩就算了，认真的又有几个，现在摇滚乐那么繁荣，唱歌的也多了去了，混得好的又有几个，算了，赶紧回家去吧。

姜姗不信，她的子明一定会回来找她，谁也不能动摇。

再后来，孩子出生了，是个女孩，小的时候姜姗一直叫她小袁，她想等着子明来找她了再一起给孩子取个名字，拖着拖着，孩子上学了，必须得有个名字。

家里面几个老人凑在一起，劝姜姗就让孩子姓姜吧。

姜姗哭了，哭了几天几夜，没办法，流再多眼泪有些事也改不了。

“就让孩子叫，姜思源，行吗？”

06

姜思源还是要走，这种不可动摇的信念不是袁桥蛊惑的，而是自己向往的，虽然她知道自己这样做会让母亲担心，但是这些都不能阻止她。

姜姗的夏天是不用上班的，所以她每天都会待在家里看着思源，她怕她犯自己当年的错误。

但是你永远都留不住一个要走的人，百密终有一疏，思源趁着姜姗午后打盹儿的片刻偷来了钥匙，打开了反锁的家门，把早就打包好的行李搬了出去。姜姗听见声响立马就起来了，思源反应也快赶紧从外面关上了姜姗房间的门。

“妈妈，对不起了。”说完她从门缝里递进去一张纸条，上面写着一些诸如让母亲放心之类的话。

姜姗隔着门吼着让她回来，但是做什么都显得无力了些。

姜姗半蹲在地上，哭了起来，忽然想起将近二十年前自己母亲的眼泪，才理解那眼泪里有失望有自责也有对自己女儿真诚的爱和袒护，青春期的美好和鲁莽真的只是一墙之隔。

她趴在窗户上，看见思源背着一个双肩包坐上了袁桥的摩托车，思源也抬头看向她，还朝她挥了挥手，思源应该也是哭了，不过隔着太远姜姗看不清楚，她只能看见那个十九岁女孩的背影随着一声轰鸣离去。

满眼都是自己十九岁的影子。

其实姜姗依旧有机会阻止思源的，比如踹开木头做的房门，再比如吆喝楼下的老街坊拦住女儿，甚至报警，但是她没有，在那一瞬间她的潜意识里是让思源走的。

因为她有一件事情想了将近二十年都没想明白。

查出怀孕那一天给袁子明打去的那个电话，在电话里因为害怕影响他工作也是想等见到他的时候给他一个惊喜，所以她没说自己怀孕的事情，只是没想到那是她最后一次和子明说话。

她不确定如果当初在电话里告诉袁子明自己已经有了身孕，故事的结局会不会有所改变。这个问题她想了那么多年，肯定自己又否定自己，其实关于子明这个人的心事都已了结，对这个男人也谈不上思念了，只是这个问题一直折磨着她。

怎么也想不明白，这几年她老得特别快，其实人啊就是为了一个答案一句准话活着，她怕到死也得不到这个答案。

姜姗想，让姜思源代替她去问个答案吧。

虽然她心里明白思源的结局可能会和她一样，到头来也落个一辈子都得不到答复的问题，但是有目的有思念地甚至有仇恨地活着也比给自己的青春留个遗憾强。

姜姗翻出当年子明塞给自己的那张专辑，床上织了一半的毛衣，半拉的窗帘，习惯的昏黄里。

如果回到过去，你还去不去北京看那场演出？你问她一百遍，她还是会去，思源也是一样。

小白鞋

文♦青平少侠

第十九届全国新概念作文大赛一等奖获得者

地铁进站开门，换乘车站挤上来的人群，让我们很不自然地聚集在一起，我算是不小心也算是很无奈地踩到了一双小白鞋，那是一双被刷得很白很白的运动鞋。可是地铁上的人太多了，我没能顺着那双收回去的小白鞋找到那个姑娘的脸，我隔空说了一声对不起，在间隔几个人的地方传回来一句："没关系。"那声音娇羞不失清脆，在车厢的嘈杂里一下子唤醒了我。

那一天我要跟我的女朋友见面，她住在这座城市的东边，我住在西边，平常大家又都忙于工作，我们只有在周六能见上一面。这种状态维持了四个月的时间，虽然这种恋爱生活显得有一些枯燥，但是不失为一种安稳。

我挤下地铁，快走两步来到约好的也是我们经常去的那家咖啡厅，她已经在那里等我了。桌子上摆着一碟被吃掉一半的甜点，看样子她已经来了有一会儿了。

“怎么今天来那么早？”我坐下来翻着菜单。

“有心事。”女友把眼前的甜点碟往前一推，用纸巾擦了擦嘴。

“什么心事不讲给我听听？”其实这几个月的时间我和女友交流很少，她要说什么我是没有一点头绪。

“你确定要听？”

“不然呢？”

“那好，你说我要怎样将我移情别恋的事情告诉我的男朋友能让他好受一点呢？”

“坦诚一点吧，直接说好了。”我话接得很快，那种急速的反应让我自己都惊讶。

“我们分手吧。”其实女朋友话接得比我更快，她的动作也很快，拎着包轻走两步就消失了。

桌子上还有半碟没吃完的甜点，我突然觉得浪费，就像我浪费了好几个月的时间来恋爱一样，于是我就把它们全吃光了。然后冲着空落的盘子照了一张我觉得很有艺术感的照片，发了一条朋友圈，只配了一个字：“单。”

不过，我得说我没那么难过，毕竟这几个月的时间也就见了几面，每一次见面都是走一遍情侣约会的流程而已，没什么深刻的记忆点，有时候自己就会想这种在一起还不如趁早分开。

但好歹是一场失恋嘛，还是被女友劈腿。我独自回到城市的西边之后觉得自己应该宿醉一场或者暴食一顿，否则对不起失恋这件事还有我发的那条朋友圈。

我就在那个天色马上就要黑下来的午后，去了一家音乐餐厅。

也许是在今天的地铁上踩到了一双小白鞋，我这一整天都对女生的鞋子产生了浓厚的兴趣。给我点餐的服务员恰好也穿了一双白色的运动鞋，而且右脚鞋沿上有明显被踩过的痕迹。

“先生你好。”我看着她的脸，扎着高高的马尾，清淡的妆容，嘴角保持着礼貌的微笑。

因为一双鞋子，我对她有了一种莫名其妙的熟悉感，再加上那个清脆温柔的声音，这种熟悉感就更加深刻了。

当她又叫了一声先生的时候，我才意识到我盯着她看的目光停顿得有些久了，我心不在焉地点了几个小菜，要了几瓶酒。

那一晚我很理想地喝醉了，但是意识还能保持完全清醒。酒精这东西真的壮人胆，我趴在餐厅桌子上就睡了。等到打烊的时间，不出意外是那个女生来叫装醉的我。

我扔给她一个钱包，让她帮忙结账，然后把她叫到身边，跟她说出了我的家庭住址，让她帮我打一辆出租车。要不是酒精借给我的胆子，我一个颇为腼腆的人真不敢完成这一系列动作。

她也是自来熟，帮我结完账，主动过来把我扶出了餐厅。我假装踉踉跄跄地往她身上蹭，占了她两下便宜。我见她不是很反感我，就掏出手机，打开微信的扫一扫功能，示意她调到她的二维码，她没拒绝，嘴角笑了笑，我们成功加上好友。她帮我叫了一辆出租车，告诉师傅我刚刚告诉她的地址，然后跟我说到家给她发条消息，很温柔。

车子发动之前我又特意瞄了一眼她的鞋子。

没错，白色运动鞋。

回到家后，我给她发了一条消息表示我到家了，她给我回了一串搞笑的表情。

然后她说：“以后叫我小白就好。”

“是因为你穿了一双白色的运动鞋吗？哈哈。”

“是因为我姓白啦，赶紧睡吧你。”

我把手机压在枕头底下，心里面念叨着，小白，小白鞋，哈哈！真是莫名其妙的经历，突然一想失恋竟然是今天的事情，但是感觉过去了很久，果真是天下没有新欢解决不了的旧爱。

看来是那天酒劲没过，我一连几天勾搭，就把小白追到了手。

她是附近大学的大四学生，勤工俭学来音乐餐厅打工。刚刚相识相恋，怎么都好，我会每天下班去她店里坐一会儿，然后送她回学校。我觉得和一个大学生谈恋爱，自己都变得年轻了起来。相比于上一段不痛不痒的感情，这一段显得有意义了很多。

没过多久，我和小白就同居了，同居是她提出来的，她说每天下班还要赶回学校太麻烦，不如搬到我这里来和我住。

那天我去学校帮她提行李，回到家把行李箱打开，她的鞋子可真不少，可是她只穿同一双白色的鞋子，我就问她。她说：“你不是喜欢小白鞋嘛，所以每次见面都特意穿了这一双。”

她本来觉得这是无关痛痒的问题，可我语气竟然变得激烈了，莫名其妙指责她骗我。真的是莫名其妙，后来我也想不清楚我是怎么因为这个事情和她吵起来的，也不知道为什么会指责她欺骗了我。

她觉得我是没事找事，可我那天就是喋喋不休，她也展开了联想，展现了她毒舌的一面。先是说我那么喜欢小白鞋一定是个恋足癖，后来说我喜欢小白鞋根本就是睹物思人怀念前任。

我们从一双鞋子骂到祖孙八代，不可开交，谁也收不住。这是我第一次看到她可怕的一面，我估计她也是这么想的。

我们在那一天并没有分手，吵完之后实在是累了困了就上床睡觉了。那天我也是上头了，在床上反复换了几个姿势都睡不着，她就静静地背着我，我干脆拿着枕头去了客厅。

分手的事宜在我俩心中都提上了日程。

后面的一段日子大家过得都不开心，她不断放大她不好的一面，毒舌自私不顾别人感受，我这个偏执狂也在不断暴露本性。虽然我们不会再拿鞋子出来说事，但是心里那道别人理解不了的坎儿我还是过不去。

我再次提起鞋子的事情的时候，是分手那天，我们实在忍无可忍，吵到最后大家心平气和，好聚好散。我帮她收拾行李，最后我问她："那天你有没有在上午坐一辆从西边到东边的地铁，有没有被一个男人踩到你的白鞋子？"

她像是看一个神经病一样看着我，告诉我她学校在西边，上班的餐厅也在西边，怎么会去坐那辆地铁，莫名其妙。

我其实早就猜到了答案，她并不是那天我在地铁不小心踩到的那个人，那个人的语气多么温柔啊，不像她表面看起来干净柔弱可真实的一面就是一个浑蛋。我点了点头，挥了挥手表示你走吧。

"就为了一双白色的鞋子，你真是够可以的。我刚从学校搬出来又得搬回去真够丢人的，你快跟你的小白鞋长相厮守吧，变态偏执狂。"

这是她说的最后一句话，边说边把那双小白鞋扔到我身上。她走后我捡起来看，右脚上那道被踩过的痕迹已经没有了。

我反倒很舒服。

那段日子真是开桃花，小白前脚刚走下一任就后脚跟上。

那天比较要好的同事临时有事，让我晚上去舞蹈学校帮忙接一下孩子。我去得有些晚，到学校的时候只剩那一个孩子站在那里，手里拿着一个冰激凌，旁边还有一个女人，蹲在地上和小孩子说着什么。

"你好，我是她的老师，你是家长吗？怎么今天这么晚才来接小孩？刚刚孩子还一阵难过呢。"这个女人说着就站了起来。

“张叔叔，张叔叔。”那孩子朝我扑来，还差点把冰激凌蹭到我的身上。

“谢谢你了老师，他爸爸今晚有点事，我家碰巧住附近就帮忙照看一下。”我打量着这位老师，穿着一件紧身的T恤尽显好身材。

“走啦，叔叔带你去吃饭。”我牵过小孩子的手，这孩子真是特别聪明，每次见我都对我特别亲，让我不由得要对他好一些。

“李老师也一起吧。”小孩紧紧握着我的手又回头看着那个老师，老师低着头把左耳的头发别到耳朵后面略带羞涩地笑着。

“好啊，那就一起吧。”我本以为这个李老师会客套两句到此为止，但是万万没想到她竟然答应了一个孩子的请求，竟然也过来牵着小孩的手。

下面的画面就非常尴尬，我和李老师一人牵着小孩的一只手像是一对家长带着孩子一样，可是我和这位李老师只是仅仅知道对方姓什么而已。不过李老师身材真的很好，我在心里小声默念了一句不枉我平时对这孩子好，关键时候还真是懂事。

我们三个去了一家快餐店，在前台点餐的时候有说有笑，看起来真的很像一家三口。如果说李老师身材好让我对她有了第一个好感的话，那么这种自然的气氛让我有了第二个好感。

这种自然的气氛持续了好久，直到吃完饭我们走在路上，聊着聊着李老师竟然没有要走的意思跟着我们回家了。

“哎呀，不知不觉都把你们送回来了。”走到小区门口的时候她突然怔住了表现得很惊讶。

“要不上去坐会儿？”我知道她等着这句话呢。

李老师就跟着我们上了楼然后进了门。进门后的第一句话她说：“哇，这双白鞋子我也有一双。”她第一眼就看到了我无意间放在鞋柜上的那双小白扔给我的白色运动鞋。

“我蛮喜欢这个鞋子的。”我本来已经忘记了这个事，可是李老师又把我带了进去，我的思绪有点走位不过眼神很真诚地说着。

“我也蛮喜欢这双鞋子的，下次穿给你看啊。”李老师把右耳的头发别到耳朵后面羞涩地笑着。

关于这双鞋子，这是我对她的第三个好感，这一点最重要。

“好啊，下次你穿给我看。”我真的很开心地莫名其妙地在点头。

“就是说我们还会再见面的对不对？”李老师抬了一下头看着我的眼睛，然后掏出了手机，那笑容有点坏，像是即将要把食物装进口袋一样。我们互相加了微信，加完微信放下手机之后，李老师又和小孩子嘱咐了几句就走了。

我去关门的一瞬间心想，可能这辈子关于爱情的运气我全用完了吧，和前前任分手当天认识小白，然后今天又认识了李老师，真是奇妙的事情。

也就五分钟吧，手机就响了。

“楼下正好有车站，我已经上车了。”

“好的。”

“回头一想才觉得不对劲，那双鞋子也就36码吧，女朋友的？还没来得及问你有没有女朋友呢？”

“老实说，的确是女朋友的，不过前不久已经是前任了，还没来得及扔掉。”

“还扔掉，多小孩子气，怎么？让爱情伤着了？不再相信爱情了吗？哈哈。”

“你不也有一双，我前任这双就扔掉嘛。”

“问你呢，还相信爱情吗？”

“当然相信，还想再试一次。”

“我也相信，我也想再试一次。”

很快，聊天语气越来越暧昧，很快，我们见了第二面。她还是穿着不同图案的紧身T恤，当然她真的穿了那双小白鞋，刷得很白很白。

也很快，我们确定了关系，为了这事我还特意请同事吃了饭，要不是他有事让我去接孩子，我就没机会认识李老师了。

后来我们聊天，我问她这些发生得怎么这么快。她倒是直白地说："其实那天小孩跟我说一会儿有个叔叔来接他。工作以后学校里几乎都是不着边际的领导同事，学生的家长也都有家室。下班回家，起床上班，每天没机会认识什么人。我单身很久了，有机会让我逮住一个我可得主动一点，而且你那天一来乍一看还挺好看的，你陪小孩子的感觉像个靠谱的大男人。"

她把头靠在我的腿上，盯着天花板，说完给我一个拥抱。之后我起身把小白留下的那双白鞋子丢进了垃圾桶，然后又重新摆正了李老师的那双。

这个年纪了，青春期躁动早该结束，各取所需这或许是我要的爱情。

在一起后差不多一个月的时间，此时已经入秋，下完一场秋雨天气有些转凉，不过让我记住这一天的并不是因为降温的天气，而是那天凑巧发生的三件事情。

那天恰逢周末我休班在家，李老师去了街舞社活动。早上我收到一条短信，短信内容大致就是说这家咖啡厅五周年店庆，老板又是个摄影师，他总爱拍一些店里面坐下喝东西吃甜点的男男女女，每次在一旁偷偷拍完照片都会拿着相机去给当事人看并且让他们留下电话号码。店庆这天他们店搞活动随机抽了几张照片获得奖品，我很荣幸地中奖了，老板也顺着当时我留下的电话号码联系到了我。

只不过那时候的女朋友还是前前任女友，而那家咖啡厅就是她跟我说分手我独自吃完剩下甜点的地方。

我本来是不想去的，但是老板这种文艺青年盛情难却实在不好意思拒绝就赶地铁过去了。

地铁进站开门，换乘车站挤上来的人群，让我们很不自然地聚集在一起。我特意注意到了脚下，这一次我没有踩到一双小白鞋。

我来到咖啡厅，老板给我送上了这次的礼物，不过就是一个烘焙蛋糕，并且向我展示一面填满情侣照片的墙，指着我和前前任的那一张说：“你看你女朋友笑得多甜多幸福啊。”

我没有向老板解释什么，实在是觉得太复杂也没有解释的必要。我盯着墙上的照片看了一会儿，前前任坐在我的腿上，她把脚抬得高高的，我做样子地喂一口甜点给她，这是演技很到位的一张摆拍。

我是特意去看那一眼的，我看了照片中她穿的鞋子，白色运动鞋。

其实我都忘了，我的自我麻痹真的让我颠倒了是非重写了剧情，今天不该来的，我的心情突然就变得不好了。

我匆忙坐地铁回来，回到了居住的小区，又看到常驻在楼下捡垃圾的一位大妈脚上穿了一双已经很脏很脏的小白鞋。

我上前质问，吓到了这位拾荒阿姨，她急忙解释说了一句前些日子小区垃圾桶捡来的就转身快步离开。我盯着她的脸，布满污垢的头发带着灰的鼻头和有些衰竭的眼睛。

不出意外的话，拾荒阿姨脚上穿的这双应该就是前些日子我当着李老师的面丢掉的那双小白留下来的鞋子，这是今天发生的第二件事。

慌张、愤怒、惊恐，拾荒阿姨布满污垢的脸和衰竭的眼睛一直充斥在我的大脑，我不知道该如何形容那时的心情。

下午的时候李老师打电话来让我去街舞社接她，可我今天已经不想出门了就直接拒绝了。她反复恳求着说她的朋友都想认识认识我，虽然语气很诚恳也很渴望，我还是直接挂断了电话。那一天我真的不想出门了。

可是有些事情不是你想躲就能躲过去的，半个小时以后，李老师带着三个女生来了家里。

我打开门的时候近乎绝望的慌张，我盯着连同李老师在内的四个女生，她们无一例外穿着同一双白鞋子。李老师向我提过这双鞋子她们社团每个人都有一双，那一刻我感觉自己完全赤裸地展现在外人面前。

我慌乱地招呼着客人，慌乱地去冰箱里拿可乐，却在打开的时候被拉环划破了手，再慌乱地去抽屉里翻创可贴，可是没有，我便用了下楼去买创可贴的借口出了门。

我坐在小区里的石凳上，点了一支烟，看着不断流着血的手指头，在想一个问题也顺带着想起两件事情。

其一，一会儿回去的时候我该如何当着她三位好朋友的面和李老师说分手。

其二，我又想起来十八岁那年，周心蕊背着手站在我面前，背后藏着一瓶冰可乐，她说我蹲下帮她系上鞋带她就把那瓶可乐奖励给我。我蹲到她脚下给她系好鞋带，站起来的一瞬间她吻了我，那是我的初吻，那是我的初恋，那一天周心蕊穿着一双白色运动鞋，我记得太清楚了，这辈子都忘不掉。

其三，我又想起前前任和我在咖啡厅说完分手后给我发来的一条短信：“既然你那么忘不了前女友，那我就成为你的前女友。”

周心蕊是我的初恋女友，在我十八岁那年始于夏天也完结于夏天，我不知道男孩子们是不是都有初恋情结，两三个月的感情我真的记了一辈子。她扎着的马尾辫，总爱背着的手，还有那双总是刷得很白很白的白鞋子，以及藏在背后那瓶尚未开封的可乐。

我早就已经忘记了周心蕊的脸，高中毕业之后的那个夏天她被家人送到日本留学，听说大学毕业之后就留在了那里，从分手那天到现在我都没再见过她。

但是我一直感觉她就在我身边，因为我往后的每一任对象都有一双白色的鞋子，这仿佛成了我内心必要的提示，不断提示着我注意着女孩子所穿的鞋子，不断提示着即便是再好的女孩也都是她的替代品。

我感觉历任前女友就像摆放在展示柜一样，尽管她们谁都取代不了周心蕊，但是看着她们仿佛能够让我离十八岁那年更近一点。

渐渐地，我从想念初恋周心蕊发展到想念任何一位前任，因为她们都有一个共性，记忆模糊了自己麻痹了，每一位前任又都成了周心蕊。

抽完这支烟，我现在又要经历一次分手，又要多一位前任了。

十八岁的夏天，我蹲下给周心蕊系好了鞋带，可她却没有把冰可乐给我，她倒背着手看着我向后退着，我就在前面追着，她越来越快，我也越来越快……

我去了便利店但是没有买创可贴，我买了一瓶冰可乐，对着渐渐暗下来的天色一饮而尽。

少年的干戈玉帛

文♦笑画

第十七届全国新概念作文大赛二等奖获得者

噔老师说要换座位时，我极其愤恨。我的脸剧烈地扭曲起来，变得极具喜剧色彩。左邻右舍都可怜兮兮地看着我，沉睡的小金子也焕发出了他固有的生机，那双狡猾的眼睛简直就像是在宫里多年的机灵太监的。还有谁幸灾乐祸地笑出了声。

不管怎么说，同样我都只有“服从”一条路走。

文人的软弱在我身上体现得淋漓尽致。

而且，那个男生，我这辈子不会再见到比他更没优点的家伙了。

于是，我艰难地拖着我的桌子，瞄准那只伸出来的手狠命地朝对面桌子并过去。

我渴望听到夹到手的惨叫。

但是并得很顺利，只有两桌相撞的那一声——

“嘭。”

一时间硝烟四起。

这一切都得从名字说起。

老师念花名册，最悲惨的不是那个字很复杂，他念不出来。如今不耻下问人人都做得到，顶多老师会请求你普及一下知识。但是，一旦这个老师他会调出潜意识的链接，一切就变得不可原谅了。

比如这时噔老师有点破音地点被提问的人。

“董鄂，你说说这题。”

董鄂，没错，没有妃。他就叫董鄂。

你瞧，世界上的人被历史典故辐射得厉害，或者和名人轶事纠缠不清。那些一直重复的语句，会给你的头脑留下定式思维。于是，一个名字因为十分顺口顺耳，得到家庭长辈的认可。这之后，它就成为你身份证上除了照片以外的，另一个污点。

假如他叫董鄂妃，而我不叫我现在的名字，也许我会很豁达地哈哈大笑。

可是我……我叫佟佳。

我想，我们的爸妈都没搞清楚历史的前前后后，他们自然都料不到两家相遇的交点。

两条平行线，有一条离谱地扭曲变形，就相交了。

接下来，阴差阳错，这两个名字的联系给了这位老师机会。

“不会啊。来，佟佳，你来答。”

真是造化弄人。

要知道，那倒霉的黄宣纸记录着董鄂妃受到顺治帝专宠，而佟佳氏却因此郁郁寡欢，身心俱损，悲痛欲绝……

什么也无法改变她们俩时刻是情敌的事实。

就在我顺利说完解答后，我一向机灵的后桌小金子，用压低了却足以让全班听到的声音说：“咳，老师，这里是顺治后宫吗？您瞧，这二妃争斗……”

我自然不会介意董鄂愿意当“妃”，但是扯我进去，就有点过火。

但是董鄂语出惊人："历史就是重口味。"

众人了悟地叹息。

小金子还怯怯地："对不住，我们一向不知道……"说着还向我抛了个媚眼。

这就是我们结怨的开始。

我到达目的地的那一刻，就意味着这个班唯一的男女同桌局面构成。同时，两个争风吃醋的所谓历史"后妃"也开始了交集。

首先，我们开始了冷战，不比古巴导弹危机来得逊色。

双方都在夏天发出恶寒。

两军对垒，掘地三尺，分外眼红。

我用各种能够操作的公报私仇手段，开始了双方的紧张对峙。各种重型枪支齐聚登场，亮闪闪的刺刀呈现闪亮的状态。这种形式不需要任何掩饰，只需要抬眼一看，就会明白"战争"一触即发。而其前夕所有的磕磕碰碰，不过是小打小闹的刺探。

但终究还是被一件事打破。

董鄂的睡功一向比小金子来得有技术得多。

他可以撑着眼镜，装作一副认真听讲的样子，像是陶醉在书海之中。事实上，你只要往那片因泛着夏日阳光而变得五颜六色的镜片下一望，就能发现底下的眼睛已经赫然闭上了。

真是幼稚得可笑，在四周女生的帮助下，我在他的桌子上倒了一摊水。

我假装凝神状，不断向噔老师使眼色，提示这里的巨大秘密。

睡神董鄂是我们一向供奉的，老师们对他的那些个姿态，似乎早就知道了。毕竟他出新姿势的速度，不如男生们竭力学习的速度。

不出意外，噔老师伸手往他的头上一拍，他直接就砸在桌子上，扎进那一摊水里。

我觉得那一声响得我心满意足。

我想我注定不是好人。

不出意外地被罚站，他有点恼怒地看着我。

于是，我微微一笑，捋一捋挡脸的头发："世界上没有真正的公平可言。"

第一战，胜利。

我想我终究是个沉不住性子的。

这几天我气得简直想扇他一巴掌，治治他的口无遮拦。

我终于在双方针锋相对的偶尔热战的日子里，被挑衅得急了。我的女生阵营协助我出手，不过她们不知观棋不语真君子，她们毕竟是小女子。于是姑娘们的主意就确实有点馊，导致棋局态势的逆转。

天下博弈，而我下了死棋，进了死局。

我拎着董鄂的眼镜，威胁着要从五楼让它粉身碎骨。

董鄂不动声色。

于是，我在老师面前爆了粗口。我一声大吼，假如是在百度发帖的话，应该几乎当场被和谐。

几百里校园无声无息。

然后，我听见董鄂咽了口口水："老师，你怎么看？"

不知什么时候出现在我背后的噔老师毕竟没有我的坚强，说："快晕倒了。"

作为好学生也免不了噔老师的愠怒，我也去办公室待了一下午。

董鄂事后的讨好就是一周一瓶的"鸟巢"咖啡。我将它们收集起来，到了中考结束，也沿着墙排了一排，像是一排寂寞的保龄球瓶，笔直站立着，带着莫名的苦涩。

第二战，丢尽脸面，却小胜一局。

当我还在为自己的略施小诫感到自得时，我忘记了那个和他连隔空都可以传音的小伙伴。就是那个可以和他一起惊呆了的小伙伴。说得古典一点，就是他们心甘情愿做彼此的小跑腿。

小金子就以他超乎常人的洞察力和想象力，在班级里开始了他登峰造极的说书艺术，专门描绘那一段清宫顺治史。

小金子真是了解不入虎穴焉得虎子，直到我忍无可忍，再次失控大吼："金鑫（所以才叫小金子嘛），说人话！"

于是，旁边幽幽地飘来了一句："你真像电视剧里的老佛爷，或者你更适合扮演甄嬛。"然后董鄂一翘兰花指，"你可以接着这么说：'给小金子，用——刑。'"

我觉得耳边雷声滚滚，眼前顿时黑了，莫名其妙地闪烁着小星星，那一瞬的光亮足以将北京的雾霾天穿透。

第三战，战败。

学校的生活不比宫廷剧多姿多彩，但终究也是一出戏，演得我有点七荤八素。

小金子终究是受不了阴阳交杂，同时过剩，在不符合中和原理的生活里，他得病倒也合乎常情。

但是，却没人告诉我们他得的是什么病。

直到——

噔老师的脸竭力平静，就好像什么事都没有发生，但明显他的嘴角因为靠近了这医疗重地而微微抽搐。

于是，他说："那个，佟佳啊，金鑫得了红眼病。他东西你们尽量别动，会传染的。"

我还来不及石化，董鄂已经以迅雷不及掩耳之势“唰唰”向右移了出去，带着他所有的家当，丝毫不回头。他面上是极度的惊惧，但似乎不是装的。

所谓的好哥们儿原来还是大难临头各自飞，真是个忘恩负义的家伙。

“哎哟，佟佳，老师这么一说，我觉得我的眼睛很痒。”

现在我佩服自己实在是太冷静了。

课才上到一半，董鄂就在那里嘟嘟囔囔。

“佟佳啊。”董鄂惟妙惟肖地模仿着噔老师的声音，“你有纸巾吗？”

我问：“干什么？”

董鄂眨眨眼：“我觉得，我被传染了。”

这有什么关系？我心中疑问。

又听他道：“我不敢用手去揉啊，借我张纸巾吧，佟佳。”

我一脸惊恐地看着他，心想这可如何是好。我实在有强大的耐性，竟然没有顿时苍老。于是，我手指一夹抽出一张，挥挥就抛给他，他一手接住。到手后，他只是把纸巾盖在脸上，用手指按着眼眶，一脸陶醉。

于是，我的课间，就因为小金子的病症和董鄂的奇葩举动，从欢乐的笑闹变成了一群女生小心翼翼扯着我的衣角，似乎碰到我就会很悲壮地得病。她们得到了董鄂的消息，决定关心一下我这种高危监护者。于是，其中之一建议道：“不如，我们去洗手间洗洗手？”

第四战，战败，重伤。

小金子的归来解决了这种古怪而悲凉的境况。因为他不过是得了结膜炎，却被夸大其词说成什么红眼病。

初三走了大半，境况就日益严峻。

考试的步伐往往比你估计的要快。而你的计划不过是空头支票，随手一丢，随口一立，灾难慢慢在不经意间酝酿。

小金子的自负人尽皆知，他可以随便夸出上S高中（顶尖中学）这种不切实际的海口，然后慢悠悠攀上董鄂的肩膀，以一种居高临下的姿态说："我帮你，咱们俩一起上。"

他们俩总是相互恶心。

董鄂在他走之后就会慢慢把头探过来，对着我嘲讽："你说，小金子怎么这么有趣。他自己都上不了，还要帮助难兄难弟。哎呀，不容易。"

我倒是羡慕他们的梦想。我上S校已成定局，剩下的不过是夯实基础，不像他们俩需要苦苦挣扎。

时光泄了一地，小金子和董鄂在倒计时中顿时认真了许多，而同桌之间也逐渐建立成战略合作伙伴关系。

不知道仇视是从什么时候开始呈递减态势的。生活依旧逍遥自在，平淡到不易察觉，战争结束得无声无息。

我们的生活，不是《那些年，我们一起追的女孩》，不是《致我们终将逝去的青春》，也不是《初恋这件小事》。浓厚的戏剧性结局不属于我们，我们几乎不奢求这么多。

"佟佳，佟佳，你的辛苦为了谁？"董鄂问。

而我却无言以对。

紧迫和压力下，董鄂有时候会神神道道："你知道我有富二代身份证吗？"

正在喝水，我惊到，咳得一塌糊涂。

接着他又解释："其实，是二代身份证。"

抑或是有车有房的吹牛……

说董鄂是富二代并不夸张，他确实早早名下有房，但他终究只有一辆……自行车。

董鄂最近特别喜欢说笑话。也许这和什么太紧张男生会跳皮筋女生会踢足球的原理一样，是一种对重大考试的发泄。而且董鄂一定只讲给我和小金子听。我们俩听得目瞪口呆，董鄂一个人笑得死去活来的境况屡见不鲜。

理解了这一切，我不得不承认，董鄂真是乐观旷达，他的祖先一定有苏东坡。

这个场景完全失去了穿越、古装等唯美小清新剧的感觉，场景转化为小太监和庶妃娘娘吃惊地看着宠妃娘娘自顾自大笑。那笑声，足以惊得寒鸦飞尽。

绝对是爱恨情仇。

后来的生活仅此而已，我贡献我的数学作业，他由于那时候养成的习惯，提供他的“鸟巢”咖啡，和平邦交，确实是互利共赢的良好保障。这真应该上我们政治课本的案例。

而咖啡也十分贴心地冬暖夏凉了起来。

印证了当年语文课本上的文字，在脑海里不断哼唱：

投我以木瓜，报之以琼琚。匪报也，永以为好也！

投我以木桃，报之以琼瑶。匪报也，永以为好也！

投我以木李，报之以琼玖。匪报也，永以为好也！

去噔老师那儿讨论问题，恰巧碰上董鄂卑躬屈膝地站在老师身边，一副“立侍左右，援疑质理”之态。

噔老师看见我，客客气气地递过一块儿糖。由于三人只有一块儿，这种感觉确实让人心生愉快。但我对自己的体形毫无信心，何况噔老师递过来的是高热量某巧克力。于是，达到问问题的目的后，我很不屑地拒绝，然后扭头就走。

董鄂回来的时候拘着猥琐的笑：“你知道你走后，发生了什么吗？”

我翻翻白眼。

董鄂滔滔不绝：“噔老师就把那糖给我，我说你都不要我要什么。然后，噔老师白了我一眼，生着闷气说‘不要就不要’，一把撕了糖纸，吧唧吧唧地吃那糖呢，哈哈。”

我真心不知道他这是挺我还是什么，但是那一刻我失去反驳他的能力，低下了头。

百日宣誓到来得很及时。

传说中，希望是治愈心灵的良药。而日益临近的时光充斥着无端惊惧，希望不见，需要有人无偿捐献。

有的人，他生来就是站在路旁鼓掌的人，看着别人的璀璨，站在别人发光发热的阴影里，静默。

我做我的班干部，他做他的小人物。

那天，我终于拿到了老师写的讲稿站到居高临下的台子上，望着黑压压的人潮。在我发言之前，无论是口号还是言语，这上面的代表个个都激情澎湃，斗志昂扬。可是，我觉得在他们的宣言里，却带着一种干涩和教条。

是否服从念稿？是否再次屈服于所谓的“强权”？

上场前我故意摘下了眼镜，看了一眼讲稿，却将它塞进口袋。我知道这样很冒风险，但是我想要做独特的我，也许就像董鄂一样，成为一次自己。

视线模糊，掀翻了世界。

我张开了口。

一切都顺利地进行。

现在，我说什么，都不可能完全说出我们的信念。你知道吗？虚无的宣言背后，我们自己才是控制世界的实质。我们努力踏出了独特的步子。可谁知道我们的梦想，却被遮住了真正的面目，因为难以实现，而被嘲笑忽视。

我们不是小说里僵硬的人物形象。

我们，是鲜活的。

正因如此，也许从来没有人真正看懂我们。

真的是桀骜不驯吗？真的不可理喻吗？真的是叛逆无知吗？

少年自有少年狂，今将试锋芒。

真是可笑的比喻。你怎么能用祖国的花朵来形容即将上战场的将士，需要披荆斩棘，挥洒热血；你怎么能调出完美的色彩来描画刚刚蓬勃的生命，哪怕是最优秀的艺术家，都无法勾勒。你做不到。

一句准备好了，是不是太过简单。

我想，夏日湍急的暴雨，有的是一时间倾泻下的，有着不可一世的力量。也许那是一种摧毁一切、敢于战胜一切的力量。那是生命的力量、是青春的力量。这才是形容我们的力量，我们的年华，我们的坚定，我们的信念。

请看，我们站着。

我们在这里。

在整场肃静后的热烈掌声中，我知道其中突兀的是谁的掌声。

也许只有他才能够打出那么响亮的、我曾讨教过的鼓掌方式。

我放下了话筒。

台下，我看到他，满面笑容，正缓缓起立。

人们一个个站起来，到小金子，再到整个班，再到其他班，像是波浪滔天。

没戴眼镜的我都能看得这么真切。

我却已满脸泪水。

图书在版编目（CIP）数据

全国新概念作文大赛获奖者优秀作品 ： 精华版． 遇见 / 刘奔三主编． -- 北京 ：
北京时代华文书局，2020.3
ISBN 978-7-5699-3454-0

Ⅰ．①全… Ⅱ．①刘… Ⅲ．①中国文学—当代文学—作品综合集 Ⅳ．①I217.1
中国版本图书馆 CIP 数据核字（2020）第 002511 号

全国新概念作文大赛获奖者优秀作品：精华版．遇见
Quanguo XinGaiNianzuowen Dasai Huojiangzhe Youxiu Zuopin: Jinghuaban. Yujian

主　　编 | 刘奔三

出 版 人 | 陈　涛
选题策划 | 田晓辰
责任编辑 | 田晓辰
装帧设计 | 新艺书文化　段文辉
责任印制 | 刘　银　范玉洁

出版发行 | 北京时代华文书局 http://www.bjsdsj.com.cn
北京市东城区安定门外大街 138 号皇城国际大厦 A 座 8 楼
邮编：100011　电话：010-64267955　64267677
印　　刷 | 三河市祥达印刷包装有限公司　　电话：0316-3656589
（如发现印装质量问题，请与印刷厂联系调换）
开　　本 | 787mm×1092mm　1/16　　印　　张 | 15　　字　　数 | 205 千字
版　　次 | 2020 年 4 月第 1 版　　印　　次 | 2020 年 4 月第 1 次印刷
书　　号 | ISBN 978-7-5699-3454-0
定　　价 | 35.00 元